Aprendiz de inventor

Para Míriam, que perdeu tudo
num incêndio e ganhou a rara
liberdade de ser feliz sem nada ter.

Aprendiz de inventor
© João Anzanello Carrascoza, 2003

Diretor editorial   Fernando Paixão
Editora   Carmen Campos
Editora assistente   Malu Rangel
Preparação do original   Baby Siqueira Abrão
Coordenadora de revisão   Ivany Picasso Batista
Revisor   Marcos Antonio de Moraes

Arte
Projeto gráfico   Katia Harumi Terasaka
Editora de arte   Suzana Laub
Editor de arte assistente   Antonio Paulos
Editoração eletrônica   Studio 3 Desenvolvimento Editorial
     Claudemir Camargo
Editoração eletrônica de imagens   Cesar Wolf

CIP-BRASIL. CATALOGAÇÃO NA FONTE
SINDICATO NACIONAL DOS EDITORES DE LIVROS, RJ
C299a

Carrascoza, João Anzanello, 1962-
  Aprendiz de inventor / João Anzanello Carrascoza ;
Ilustrações Cris Eich & Jean-Claude. - 1.ed., - São Paulo :
Ática, 2009.
  104p. : il. -(Palavra Livre)

Acompanhado de suplemento de leitura
ISBN 978 85 08 08801-0

1. Novela infantojuvenil brasileira. I. Eich, Cris,
1965-. II. Jean-Claude, 1965-. III. Título. IV. Série.

09-1699.   CDD: 028.5
     CDU: 087.5

ISBN 978 85 08 08801-0 (aluno)
CAE: 221240 AL
CL: 730140

2019
1ª edição
18ª impressão
Impressão e acabamento: Gráfica Paym

Todos os direitos reservados pela Editora Ática, 2003
Av. das Nações Unidas, 7221. Pinheiros – CEP 05425-902 – São Paulo – SP
Atendimento ao cliente: 4003-3061 – atendimento@aticascipione.com.br
www.coletivoleitor.com.br

IMPORTANTE: Ao comprar um livro, você remunera e reconhece o trabalho do autor e o de muitos outros profissionais envolvidos na produção editorial e na comercialização das obras: editores, revisores, diagramadores, ilustradores, gráficos, divulgadores, distribuidores, livreiros, entre outros. Ajude-nos a combater a cópia ilegal! Ela gera desemprego, prejudica a difusão da cultura e encarece os livros que você compra.

João Anzanello Carrascoza

Aprendiz de inventor

Ilustrações
Cris Eich & Jean-Claude

editora ática

*Perder é uma forma de aprender.
E ganhar, uma forma de se esquecer o que se aprendeu.*
Carlos Drummond de Andrade

Sumário

O Decifrador de Sons
7

O inventor
11

A voz das coisas
23

Um estranho início
27

Como ir Lá?
31

Perdido
37

Novas descobertas
43

Andando e aprendendo
49

A procura continua
55

Perdas invisíveis
63

O segredo da esperança
71

As palavras certas
79

Encontro inesperado
85

A invenção do menino
99

O Decifrador de Sons

O menino era apaixonado pelos sons das coisas. Mas a cada dia sentia-se mais triste porque não conseguia descobrir o que diziam. Claro, ele sabia que cocoricóóóóóóóó era o som produzido pelo canto do galo no quintal do vizinho. Mas o que significava aquele cocoricóóóóóóóó? Será que, na linguagem dos galos, era algo como "hoje será um lindo dia", ou "meu dono é um chato", ou "por que tenho de cantar tão cedo enquanto todos dormem?" Quando ouvia o zzzzzzzzzzzzzz na casa, o menino sabia que a mãe caíra no sono. Mas o que aquele zzzzzzzzzzzz dizia? "Estou tendo um sonho maravilhoso", "Ai como estou cansada", ou "Que colchão duro!" E aquele ronnnnnnnc ronnnnnnnc ronnnnnnnnc era sempre sinal de que o pai dormia pesadamente. Mas o ronnnnnnnc ronnnnnnnc ronnnnnnnnnc de uma noite era, no fundo, diferente do ronnnnnnnc ronnnnnnnc ronnnnnnnnnc de outra noite. E o menino queria porque queria saber o que os roncs do pai diziam. Também vivia louco para decifrar o que os pliquets comunicavam. Os pliquets eram os estalos que, de vez em quando, soltavam-se do assoalho da casa. O que significavam? "Tem um fantasma andando por aqui." "Não se esqueçam de me passar uma boa cera." "Caiu uma moeda nas frestas entre uma tábua e outra." Seria isso ou nada disso? O menino não se conformava em ouvir os sons e não saber qual a tradução completa deles. O biiiiii de uma buzina podia ser "saia da frente", "a porta não está bem fechada", "estou feliz da vida". Podia ser mil coisas. Mas qual delas de fato era?

— Um dia vou descobrir — o menino prometeu, desafiando todo e qualquer ruído: o cri-cri dos grilos, o rá-rá-rá dos risos, o auauau dos cães, o vuuuummmmm dos motores, o tchitchi dos freios dos caminhões, o bibibobó do dial quando procurava sintonizar uma estação no rádio, o chiiiiiiiiii do hambúrguer fritando na panela, o plact-plact da água tatalando na pia, o psiuuuuu da professora na sala de aula, o toctoctoc dos cavalos, o bem te vi dos bem-te-vis, o zoomp e o zuump dos zíperes fechando-se e se abrindo.

Mas como traduzir plenamente a linguagem dos sons? Havia professores de muitas línguas: inglês, francês, espanhol, alemão, italiano. Porém, nenhum especialista em dizer qual a diferença entre um aiaiaiai de dor e um aiaiaiai de mau pressentimento. Todo mundo achava que o bizzzzzz de uma abelha era igual ao bizzzzzz de outra abelha; o muuuuuuuu de uma vaca significava apenas muuuuuuuu e pronto; o cabrummmm de um trovão era cabrummmm e nada mais; e por aí se ia. Menos o menino. Para ele, havia em cada som uma mensagem que podia ser traduzida em palavras.

O inventor

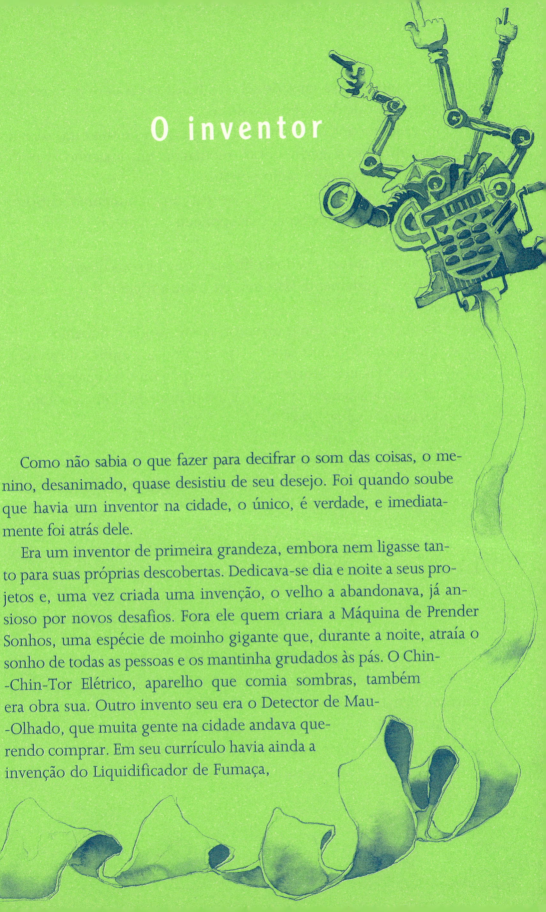

    Como não sabia o que fazer para decifrar o som das coisas, o menino, desanimado, quase desistiu de seu desejo. Foi quando soube que havia um inventor na cidade, o único, é verdade, e imediatamente foi atrás dele.
    Era um inventor de primeira grandeza, embora nem ligasse tanto para suas próprias descobertas. Dedicava-se dia e noite a seus projetos e, uma vez criada uma invenção, o velho a abandonava, já ansioso por novos desafios. Fora ele quem criara a Máquina de Prender Sonhos, uma espécie de moinho gigante que, durante a noite, atraía o sonho de todas as pessoas e os mantinha grudados às pás. O Chin-Chin-Tor Elétrico, aparelho que comia sombras, também era obra sua. Outro invento seu era o Detector de Mau-Olhado, que muita gente na cidade andava querendo comprar. Em seu currículo havia ainda a invenção do Liquidificador de Fumaça,

do chapéu que pegava raios de sol e os transformava em ouro em pó, da máquina de calcular as estrelas do céu.

O menino encontrou o inventor na garagem de sua casa, sentado no chão em meio a geringonças, montando um estranho aparelho que se assemelhava a um rádio portátil.

— O que o senhor está fazendo? — perguntou o menino, curioso.

— Um Decifrador de Sons — respondeu o inventor.

— E pra que serve?

— Ora, pra traduzir na nossa língua o que os sons dizem.

— Puxa! É justamente isso que eu estou procurando! — disse o menino, alegre.

— Eu sei — comentou o inventor, continuando o trabalho.

— Mas como o senhor sabe? — perguntou o menino, surpreso.

— Tá vendo aquele instrumento ali? — apontou o inventor para uma traquitana encostada num canto. — É um oráculo de última geração.

— Oráculo? O que é isso?

— Um oráculo, ora!

— Dá pra explicar melhor?

— Bem, oráculo é uma divindade que responde a perguntas e aconselha as pessoas.

— Divindade?

— Sim, um deus — afirmou o inventor, sem interromper seu trabalho. — Você nunca ouviu falar que os deuses governavam o mundo na Grécia antiga?

— Sim — respondeu o menino. — Mas o que uma coisa tem a ver com outra?

— Os oráculos mais famosos ficavam lá — disse o velho. — As pessoas iam até o santuário dessas divindades e pediam soluções pra seus problemas.

— É, mas não estou vendo divindade nenhuma aí — disse o menino. — Isso mais parece uma máquina esquisita.

— Ora, é um Oráculo Eletrônico — disse o inventor, demonstrando paciência. — Não existe nenhuma divindade dentro dele, é claro, porque fui eu que o fiz. Mas funciona do mesmo jeito.

— Como?

— Ele faz previsões certeiras.

— Tá legal — disse o menino. — E eu com isso?

— Bem, liguei ele hoje de manhã pra saber o que eu deveria fazer — disse o inventor. — O Oráculo deu que alguém viria me pedir um Decifrador de Sons. É o que estou tentando terminar, se você deixar.

O menino ficou admirado com a genialidade do inventor. Permaneceu ao lado dele, vendo-o encaixar uma placa com chips no objeto e soldá-la cuidadosamente. Mas, de olho naqueles inventos todos que se espalhavam pela garagem, não tardou a perguntar:

— Que máquina é aquela? — disse, olhando a parede à sua frente, onde estava dependurado um aparelho semelhante a um relógio de ponto com uma porção de cartões.

— É uma Misturadora de Letras — respondeu o inventor.

— E como funciona?

— Cada cartão tem uma pequena história. Você escolhe um cartão, coloca na máquina e ela vai mesclando as letras.

— E daí?

— Daí, ela devolve o cartão com outra história, criada com a mistura das letras da história original.

— Duvido — disse o menino.

— Então vai lá experimentar — provocou o inventor.

O menino foi até a Misturadora de Letras. Deu uma olhadela nos cartões e escolheu um no qual estava escrita esta história curtinha:

A tartaruga estava numa longa vereda, caminhando lentamente. De repente, uma lebre a ultrapassou, rápida. A tartaruga demorou um tempão para arregalar os olhos e, depois, falou para a lebre que já sumira: "Quem tem pressa jamais chega à perfeição".

Ele colocou o cartão na máquina, que começou a funcionar e logo cuspiu de volta o cartão com a seguinte história:

A tartarruga estavalá na verelonga, lentalenga. Di repente uma léprida passpassou a tartarruga. A tartarruga alengalou os escolhos e na caratura falemorou: quem tê apressa, já há mais chamega a cerfeição.

— Legal — disse o menino, rindo. — É bem engraçado.
Pegou outro cartão. Era a fábula da formiga e da cigarra:

A formiga trabalhou todo o verão, juntando comida para enfrentar o inverno, quando não poderia sair de casa por causa do frio rigoroso. A cigarra, ao contrário, cantou o verão inteiro e, quando chegou o inverno, não tinha nada com que se alimentar. Então, pensou: "Vou pedir um agasalho para a formiga e um pouco de comida". A formiga, ao ouvir o pedido, disse, em resposta: "Eu armazenei alimentos o verão inteiro, mas o que tenho só dá pra mim. Você ficou cantando o tempo todo. Agora, alimente-se do seu próprio canto".

O menino colocou na Misturadora o cartão, que, não demorou, voltou com a seguinte história:

A ciagarra cantatarolava e nunca, nunquinha, armatirava-se pra rejuntar sua asárvore de supertrempas. Decerto dia, a ciagarra mortadura de tome, foi perdir pra turmiga um casagalho,

um tantinho pra se recantolher e um prouquinho de supitripas. A turmiga pespegou e lhe assasoltou na cara: se tu não armazelou, cortázar pra não mais vuar. Puois no vero-verão armazelei e agorra ciagarra no teu nopre cacanto.

— Não entendi nada — disse o menino. — Mas gostei!

— Essa misturadora ainda está em teste — disse o inventor. — Foi pedido de um poeta. Preciso aprimorá-la mais.

— E o que é aquilo ali? — quis saber o menino, apontando uma espécie de gravador em miniatura.

— É um Lost — respondeu o inventor.

— E pra que serve?

— É um sinalizador de coisas perdidas.

— Que coisas? Qualquer uma?

— Não, só aquelas que foram para a Terra do Lá.

— Que lugar é esse?

— Garoto, você nem parece desse mundo! O que tem aprendido na escola? Pelo jeito, nada. Terra do Lá é o lugar pra onde vão as coisas que desaparecem misteriosamente e não se encontram mais nesse mundo.

— Como assim?

— Você já perdeu algo que nunca mais encontrou? — perguntou o inventor, interrompendo por um momento o seu minucioso trabalho.

— Sim.

— Então! Se ninguém pegou, foi pra Terra do Lá.

— E como funciona esse Lost? — perguntou o menino.

— Você diz o que perdeu e pergunta onde está. O visor tem dois leds. Um está escrito *Aqui* e o outro *Lá*. A luz de um deles vai se acender, sinalizando a resposta.

— Legal! — exclamou o menino. — Então posso descobrir onde foram parar os cartuchos de videogame que perdi!

— Você está querendo demais — disse o inventor. — Pelo Lost, só dá pra saber se algo perdido está nesse mundo ou na Terra do Lá. O Lost não é um localizador, é apenas um sinalizador.

— Tudo bem — disse o menino. — Entendi.

— Olha, tem coisas que somem, mas continuam aqui, no nosso mundo — continuou o inventor. — Não existe segredo nenhum. Alguém simplesmente passou a mão. Outro dia meu guarda-chuva sumiu. Devo ter esquecido no ônibus e algum passageiro esperto o pegou. Mas tem coisas que vão pra Terra do Lá. E aí só dá pra saber com o Lost.

— O que, por exemplo, costuma ir pra lá? — perguntou o menino.

— Qualquer coisa: canetas, moedas, retratos, cartas, roupas, livros, bichos... até sentimentos vão pra lá.

— Por quê?

— Se você quer mesmo saber, tem de descobrir sozinho!

— Como se faz pra ir na Terra do Lá? — perguntou o menino.

— Não posso dizer — respondeu o inventor. — Mas você pode ver naquele livro ali. — E apontou para uma imensa brochura sobre uma bancada. — É o Livro de Respostas. Tudo o que você quiser saber está lá.

— Nunca imaginei que existisse um livro assim!

— Só existe um exemplar desse em todo o mundo — disse o velho. — Fui eu que inventei.

— Posso ver? — perguntou o menino.

— Claro! — respondeu o inventor, e continuou seu trabalho.

O menino se dirigiu à bancada. Com esforço, conseguiu mover a pesada capa do livro. Foi virando as páginas ansiosamente e, a cada uma delas, sua frustração crescia.

— Mas estão todas em branco! — queixou-se, ao chegar à última folha.

— É claro — disse o inventor. — O que você pensava encontrar?

— Ora, as respostas! — exclamou o menino, impaciente.

— Mas estão todas aí.

— Não sei onde.

— Basta folhear o livro, parar numa página e pronto!

"Acho que essa invenção não deu certo", pensou o menino, mas não disse nada. Não queria atrapalhar o inventor. O importante era deixá-lo terminar o Decifrador de Sons. Em outra ocasião, tentaria descobrir o caminho para ir à Terra do Lá.

— E então? — perguntou ao velho. — Tá conseguindo? Vai funcionar?

— Falta só colocar essa antena.

O inventor então soldou-a e, em seguida, colocou duas pilhas. Girou um botão e disse:

— Pronto! Está ligado.

O menino se aproximou.

— Como é que funciona?

— Está vendo esse visor aceso? — mostrou o inventor. — Quando você ouvir algum som, olhe aqui e estará escrito o que ele significa.

O velho então se ergueu do chão e, nesse instante, os dois ouviram um som: fuuiiiiimmmm.

— Deve ser a sua roupa que rasgou — disse o menino.

— Que roupa que nada! — disse o inventor, e sorriu.

O menino sentiu uma onda de fedor vir em sua direção.

— Peraí — disse ele. — O senhor peidou!

— Peidei — respondeu o inventor com naturalidade. — Vamos ver o que diz o Decifrador de Sons.

Olharam imediatamente para o visor do aparelho e viram aparecer a seguinte frase:

Eta batata-doce boa!

— Tá funcionando — disse o inventor, orgulhoso.

— Como é que é? Não entendi! — exclamou o garoto.

— Comi batata-doce ontem — esclareceu o inventor. — Meu peido está feliz por isso.

— Ah!

— Batata-doce é uma verdadeira usina de peido.

— Posso testar o Decifrador com outro som? — perguntou o menino.

— Claro — disse o inventor, e passou a ele o aparelho.

Vendo um relógio-cuco na parede, o menino decidiu decifrar o que dizia o tique-taque.

Logo obteve a tradução: a cada tique-taque do relógio, surgia no visor do Decifrador de Sons a frase *nunca-mais*. Tique-taque, *nunca-mais*, tique-taque, *nunca-mais*, tique-taque, *nunca-mais*.

De repente, soou a campainha do telefone: trrrrrliiiiimmmm, trrrlimmmmmm, trrrrlimmmmmm.

— O senhor não vai atender? — perguntou o menino.

— O que diz aí o Decifrador?

— *Alguém quer uma nova invenção* — respondeu o menino, lendo a frase no visor.

— Então nem vou atender — disse o inventor. — Já tenho uma lista de coisas pra criar.

O telefone demorou um pouco mais naquele trrrlliiiiimmmm, até que parou.

— Você percebeu? — disse o inventor, feliz. — Esse decifrador tem uma vantagem adicional: é também um antecipador de notícias.

— Pois é — comentou o garoto. — Traduzindo o que os sons dizem a gente pode descobrir coisas que estão pra acontecer.

— É um aparelho dois em um. Vai custar mais caro.

— Custar?

— Ora, você pensa que faço invenções de graça?

— Mas não tenho como pagar — lamentou o menino.

— O Oráculo Eletrônico falhou — disse o inventor, com cara de preocupação. — Preciso fazer uns reparos e aumentar o grau de detalhes das previsões.

— O que o senhor tá dizendo? — perguntou o menino, confuso.

— O Oráculo previu que alguém viria pedir que eu inventasse um Decifrador de Sons, mas não informou que essa pessoa não tinha dinheiro pra pagar.

— Não posso pagar de outro jeito? — perguntou o menino.

— Vamos ver — disse o inventor, e pegou o Livro de Respostas. Começou a folhear suas páginas em branco, parou numa delas. — Pronto: já achei a resposta — disse, de repente. — Você pode me ajudar. Estou precisando mesmo de um auxiliar. Tenho trabalho demais aqui. Que tal?

— Por mim, tudo bem — respondeu o menino. — E quando começo?

— Amanhã. E venha bem cedo. Não gosto de perder tempo.

Então, o inventor pegou uma caixa de ferramentas e foi em direção ao Oráculo Eletrônico, com o intuito de consertá-lo. O menino agradeceu-lhe pelo Decifrador de Sons e se despediu, ansioso para testar seu aparelho.

A voz das coisas

Um carro passou na rua e seu escapamento emitiu um escandaloso plactbuuummmm ctbuummm.

O menino checou o Decifrador de Sons. Estava escrito:

Me puseram gasolina adulterada!

— Legal — disse ele, satisfeito. — Esse decifrador é bom mesmo.

Mais adiante, viu dois homens conversando e um deles soltou uma gargalhada: rá-rá-rá.

Checou o que ela dizia no aparelho:

Como você é besta!

O menino sorriu. E continuou caminhando rua abaixo. Encontrou uma mulher passeando com seu bebê, que chorava: buááááá, snif, snif, buááááá.

O aparelho traduziu o significado do choro:

A fralda tá me apertando. Solta, solta.

O menino avisou a mulher. Mesmo incrédula, ela verificou a fralda, constatou que de fato estava apertada e a afrouxou. O choro do bebê cessou no ato.

Na esquina, o dono de um armazém espantava um cachorro que rondava sua porta:

— Xô, xô, xô!

O Decifrador de Sons traduziu esse xô-xô-xô como:

Qualquer dia te dou carne envenenada!

— Não faça isso, não — disse o menino, ao passar. — O bicho não faz mal pra ninguém.

O dono do armazém ficou boquiaberto, pensando, na certa, em como o menino havia descoberto a sua real intenção.

Em seguida, um ônibus passou a toda velocidade pela rua e, ao chegar à esquina, seus freios guincharam: riimmmmmmchi.

O menino viu no Decifrador de Sons a tradução do riimmmmmmchi:

Tem uma pastilha do freio no osso.

Correu para avisar o motorista, mas, quando se aproximou, o ônibus arrancou num solavanco e acelerou, emitindo um vruuummm vruummmmmmmmm vrumm, que significava literalmente:

O motor está tinindo.

Nesse instante um rapaz atravessava a rua, assoviando a plenos pulmões: fiiiiii, fiiriffi, fuuuufffiii.

O menino conferiu também a tradução daquele som:

Ela me ama, ah, ela me ama!

Que bonito! O rapaz estava apaixonado e, pelo assobio que entoava, devia estar sendo correspondido.

Aquele aparelho era mesmo um sonho e o menino se sentia feliz por ter ganho esse presente do inventor, embora tivesse ainda de pagá-lo com muitas horas de trabalho. Agora sim podia entender, como tanto desejava, o que o som das coisas comunicava.

E foi o que fez o dia inteiro: descobriu o que significava o cruuunch do pai ao mastigar uma torrada (*ai que fome!*), o gluub gluub da mãe bebendo água (*só assim pra refrescar minha garganta*), o tilin tilin das moedas soando em seu porquinho (*tamos quase enchendo esse cofre*), o plim plim das gotas vazando da torneira do banheiro (*quanto desperdício!*), o seu próprio nhec nhec ao comer a carne no jantar (*tá meio dura mas tá saborosa*), o eh eh eh do vizinho que estava vendo um programa humorístico na TV (*é uma besteira atrás da outra*), o blamm da porta de seu quarto que bateu com um golpe de vento (*aiiiiiii!*), o buaáááá do bebê da vizinha (*tô todo molhado com xixi*), o crack do copo que a mãe quebrou lavando a louça (*adeus!*), o dim-dom-dim-dom da campainha que tocou (*querem entregar uma encomenda*), o click do interruptor ao apagar a luz para dormir (*boa noite*), o tum-tum tum-tum de seu coração no silêncio do quarto (*tô feliz, tô feliz*), o vrooom da moto arrancando lá fora (*com licença, gente!*). Só não viu o que dizia o seu próprio ssuuuuussssssss, quando, satisfeito, entregou-se ao sono (*realizei meu desejo!*), com o Decifrador de Sons entre as mãos.

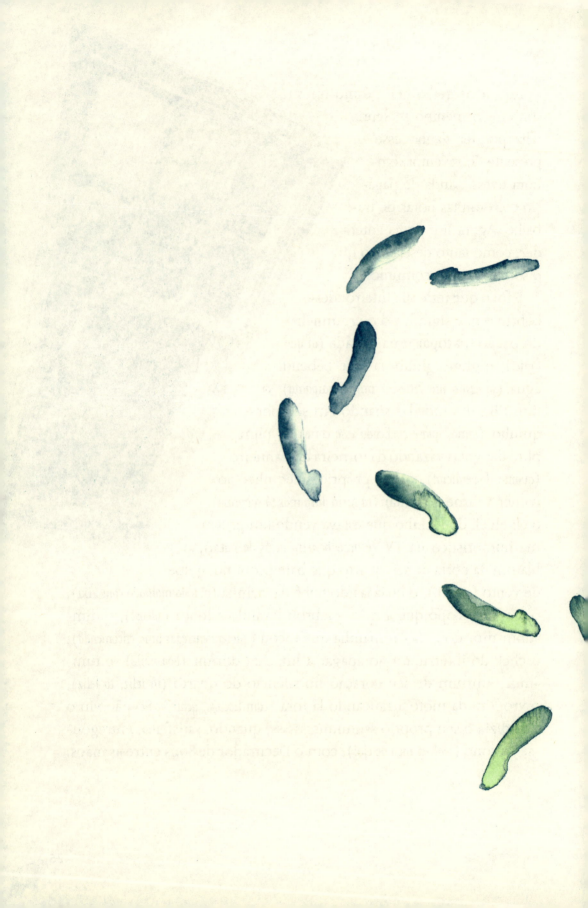

Um estranho início

No dia seguinte o menino foi bem cedo à casa do inventor, como haviam combinado. Mas, mesmo depois de chamá-lo várias vezes, de bater palmas e de tocar a campainha, não obteve nenhuma resposta.

"Vai ver ele ainda tá dormindo", pensou o menino. "Ou tá concentrado em algum invento e nem me ouve."

O melhor era entrar e tirar logo a dúvida. E foi o que ele fez. Abriu o portão, meteu-se pelo corredor e seguiu direto para a garagem. Encontrou-a toda bagunçada, como no dia anterior, mas nenhum sinal do velho.

— Onde será que ele se meteu?

O menino começou a se preocupar. Se ainda algum ruído se ouvisse ali, ele poderia, com seu Decifrador de Sons, conseguir alguma pista. Mas estava tudo em silêncio, com exceção do relógio-cuco com seu tique-taque, *nunca-mais*, tique-taque, *nunca-mais*, tique-taque, *nunca-mais*.

Enquanto esperava, o menino achou que seria uma boa ideia pedir ao inventor que criasse também um Decifrador de Silêncio. Numa hora

como aquela, sem ruídos, poderia descobrir o que as coisas ali na garagem diziam e, quem sabe, já teria uma resposta para a ausência do velho.

E, já que estava ali mesmo, o menino achou que poderia aproveitar melhor seu tempo conhecendo as engenhocas e explorando a oficina. Afinal, ia ser assistente do inventor e era conveniente que fosse tomando conhecimento de seus novos projetos. Além do mais, gostava de xeretar, e aquela bagunça toda era um banquete para sua curiosidade.

Começou a investigação. Sobre a bancada de madeira, viu o desenho de um Cortador de Raiva.

Era um aparelho semelhante a uma caneta, e, conforme leu nas anotações do inventor, servia para dar um choque de bom humor em quem estivesse com raiva. O choque provocaria cócegas na pessoa, impedindo assim uma possível explosão de fúria.

— Ia ser bom ter um desses em casa — o menino falou com seus botões. — Principalmente pra cortar a raiva do meu pai quando o Corinthians perde um jogo. Ele vira uma fera!

Depois, sua atenção foi atraída pelo protótipo de um objeto parecido com um desentupidor de pia. Pelo manual de utilização, escrito à mão pelo inventor, o menino soube que aquilo era um Diluidor de Preguiça. Devia ser aplicado na nuca das pessoas preguiçosas e só retirado depois de várias fricções.

Havia também o esboço de uma Copiadora de Ternura, máquina na qual se poderia xerocar a ternura de uma pessoa carinhosa e espalhar para outras. E o esquema provisório do mecanismo de um Aquecedor de Coração, certamente para sensibilizar pessoas frias e calculistas.

Pelo jeito, o inventor parecia envolvido em várias criações simultâneas. Devia estar precisando mesmo de um ajudante.

Porém, o mais espetacular era a Incubadora de Ideias, ainda em teste, que o menino descobriu ao lado do Oráculo Eletrônico. Lembrava um secador de cabelos de salão de beleza, enorme, no qual a pessoa enfiava a cabeça. O aparelho captava as ideias ainda embrionárias, ou as já nascidas, e fazia com que evoluíssem. Num painel lateral, emitia um laudo que projetava como seria a ideia plenamente desenvolvida, apontando se ela era boa, se tinha ou não futuro.

O menino sentiu desejo de verificar se era promissora a sua ideia de pedir ao inventor para criar um Decifrador de Silêncio. Mas, quando ia colocar a cabeça na Incubadora, tropeçou num fio e, apoiando-se numa mesa para não cair, derrubou uma caixa de parafusos no chão:

Buuuummmmmmm!

Não dava para desprezar aquele barulhão. Por isso, esperto, o menino checou imediatamente em seu Decifrador de Sons o que queria dizer aquele buuuummmmmmm!

Viu escrito no painel:

Olhe o Lost.

À frente, sobre um *rack*, estava o sinalizador das coisas perdidas e o menino pensou que aquele *Olhe o Lost* era um alerta da caixa de parafusos para que eles não caíssem sobre o aparelho e o quebrassem.

O que era um tanto impossível, já que o Lost estava a uma distância razoável dali e os parafusos não o alcançariam. O menino ficou desconfiado. Será que era uma mensagem para que ele olhasse o Lost, em cuja direção a caixa apontava? Podia ser! Como dissera o inventor, o Decifrador de Sons era também um antecipador de notícias.

— Vamos ver!

O menino aproximou-se do Lost e viu escritas em cada um dos lados do painel as palavras Aqui e Lá.

Então, de repente, teve uma inspiração. Resolveu fazer uma pergunta:

— Onde está o inventor?

Para sua surpresa, como resposta, a luz que indicava a palavra Lá foi a que acendeu.

— Putz! E agora?

Como ir Lá?

O Lost sinalizara que o inventor se achava na Terra do Lá. E o menino não sabia o que fazer: se ia para sua casa e voltava no outro dia, ou se tentava descobrir um jeito de ir também até o mundo das coisas perdidas.

O velho podia ter ido lá, de livre e espontânea vontade, buscar algo que desaparecera, alguma peça para uma de suas criações. Ou podia ter sido arrastado contra seu próprio desejo. Quem sabe não se encontrasse em apuros? Como saber o que acontecera?

— O velho não é bobo — resmungou o menino. — Deve estar é se divertindo do outro lado!

Nesse momento, uma lufada de vento entrou pela garagem e moveu a porta enferrujada de um armário de ferramentas: cuuueeéééé.

O menino correu para checar no Decifrador o que aquele som dizia. Viu escrita no visor a pergunta:

Seraaaaá?

Ficou intrigado. Será que o inventor estava em maus lençóis? E o que poderia fazer para ajudá-lo?

CUCUCO

Lembrou-se, então, do Livro de Respostas. Talvez não o tivesse consultado direito da primeira vez. Não custava nada tentar de novo. Apanhou o pesado volume e começou a folhear as páginas brancas, vagarosamente. Eram todas iguais e não tinham resposta alguma, assim como no dia anterior quando o consultara. A não ser que... estivessem escritas com tinta invisível! Já se sentia frustrado novamente quando parou numa página e deixou seu pensamento vagar por aquele branco.

Não demorou para que brotasse em sua imaginação um monte de lembranças, cenas e fatos que não tinham nada a ver com o que ele procurava.

Aquelas páginas tinham o poder de fazê-lo esquecer o problema que estava tentando resolver. Talvez o mecanismo fosse esse mesmo: para encontrar a solução era preciso deixar o problema de lado. Aí surgia a inspiração para resolvê-lo. E, de fato, aos poucos, começaram a vir à sua mente algumas hipóteses de como poderia resolver o caso.

Uma delas sumia e reaparecia entre as outras, com certa insistência. Era a ideia de que se a Terra do Lá era povoada pelas coisas perdidas do lado de cá, bastava se perder para encontrar o caminho e chegar até esse outro mundo.

"Deve ser essa a saída", pensou o menino. "Este livro é realmente uma bela invenção, a gente acha mesmo respostas nele."

Mas, depois de fechá-lo, refletiu melhor e concluiu que continuava na mesma.

Afinal, como é que iria se perder? E se não se achasse depois? Tinha receio de piorar ainda mais a situação.

— Vou tentar de novo! — disse, tomando coragem.

Apanhou o Livro de Respostas outra vez e se pôs a folheá-lo. De repente, teve um estalo: lembrou-se da Incubadora de Ideias.

— É isso! — vibrou ele. — Vou testar se a minha hipótese tem futuro.

Foi até a Incubadora de Ideias, enfiou a cabeça na cúpula e perguntou se, para chegar à Terra do Lá, bastava se perder. Em seguida, apertou o botão para iniciar o processamento. Segundos depois, saía o laudo:

Positivo. Basta se perder para achar o caminho que leva até o mundo das coisas desaparecidas.

Uma vez que não tinha ideia de como se perder, o menino resolveu mudar de tática. Pensou em outra hipótese e perguntou à Incubadora se, para encontrar esse caminho, era preciso perder algo valioso. Mal apertou o botão, o aparelho já soltou a seguinte resposta:

Negativo. Basta perder o medo de olhar o lado oculto da vida para chegar rapidinho Lá.

— Legal! — exclamou o menino, reanimando-se. — E eu nem sabia que a vida tinha esse outro lado!
Mas como poderia ver o tal lado oculto da vida? Existia alguma fórmula para isso?
O menino, então, fez essa pergunta à Incubadora de Ideias, que logo emitiu o laudo:

Positivo. Há uma maneira fácil de ver o outro lado da vida e chegar Lá imediatamente. Coloque os Óculos da Poesia.

— Óculos da Poesia? Onde posso conseguir um desses? Será que tem algum por aqui?
A Incubadora de Ideias começou a processar a resposta e cuspiu o laudo:

Positivo. Tem um aqui que o inventor fez há alguns anos.

— Onde? — perguntou o menino.
A Incubadora respondeu:

Negativo. Incubadora não é localizadora.

— Tudo bem. Vou dar uma olhadela nessa bagunça. Mas por onde começar?

Foi quando a portinhola do relógio-cuco, que marcava oito e meia em ponto, se abriu. O pássaro saiu e cantou plummmbibó.

O menino correu para verificar no Decifrador de Sons o que dizia aquele plummmbibó.

Viu escrito no visor:

Comece por mim!

Era uma clara mensagem de que o tal Óculos da Poesia devia estar perto do cuco. O menino foi em sua direção, mirando atentamente os objetos do caminho. Não viu nada que se parecesse com um par de óculos. Continuou andando e, sem querer, pisou num saco de arruelas que se esparramaram pelo chão: pralllllllalalalala.

Checou o que dizia o Decifrador de Sons:

Está na sua cara!

Olhou, então, para a frente e viu, dependurado num prego, ao lado do relógio, um par de óculos semelhante a uma máscara de nadador.

— Achei!

Perdido

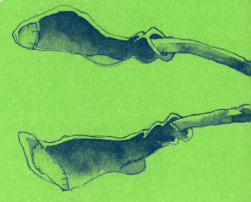

 Foi pôr os Óculos da Poesia e, de repente, como num abre-te-sésamo, o menino já estava do lado de Lá. Assim, num instante, como se transportado por uma nave, a milhões de anos-luz de velocidade. E não parecia ser um mundo tão diferente. Ao menos foi essa a sua sensação, de imediato, ao notar onde fora parar: a primeira coisa que percebeu foi que se encontrava na mesma garagem, embora os objetos ao redor fossem outros e não tantos a ponto de criar aquele caos no meio do qual o inventor fazia as suas engenhocas.
 Como é que podia, de repente, estar ali, no mesmo lugar, mas noutro mundo? Ou o lugar é que fora reproduzido em medidas idênticas noutro plano? O menino hesitava, a um só tempo surpreso e atraído pela novidade.
 Então, ir à Terra do Lá era tão fácil assim? Claro, era fácil porque estava usando os Óculos da Poesia, que permitiam ver o lado oculto da vida. O que não era possível apenas com seus olhos nus, realistas. Devia ser isso: para fazer a travessia de cá para Lá, era preciso ver de outra maneira, com lentes especiais.

Curioso, o menino notou, em seguida, que nessa garagem não havia mais a bancada, o Lost, o relógio-cuco, a Incubadora de Ideias, as invenções que um segundo atrás estavam diante de seus olhos. Agora, no mesmo espaço, bem menos ocupado, havia outras coisas, em geral pequenas, espalhadas pelos cantos da oficina: chaves de fenda, lenços, canetas, cadernos, livros, lanternas, rolos de arame, um guarda-chuva, circuitos de computadores, fios e muitas outras bugigangas.

— Isso tudo deve ser coisa que o velho perdeu — pensou o menino, começando a compreender.

Então a Terra do Lá era daquele jeito? Igualzinha ao mundo real, mas povoada por tudo o que as pessoas haviam perdido?

"Bom, vou dar uma espiada por aí!", resolveu ele. Deu alguns passos até a saída, ainda mordido pela dúvida. Não sabia se o mundo real desaparecera ou se ele é que fora transportado para aquele lugar — cópia perfeita da garagem do inventor, só que vazia de tudo, ou melhor, cheia de coisas perdidas.

E, apesar de sozinho, o menino, estranhamente, não sentia medo nenhum.

Pensava, consigo mesmo, que a Incubadora de Ideias era uma máquina e tanto: ela afirmara que, para chegar ali, bastava perder o medo de olhar o lado oculto da vida. E, usando os Óculos da Poesia, o medo realmente desaparecera. Agora, o menino sentia até uma certa euforia em explorar aquele novo universo.

— Pois é isso! — concluiu ele. — Mas não custa fazer um teste!

Retirou, então, os Óculos da Poesia e viu a garagem do inventor no mundo real, com todos os seus badulaques, sem novos atrativos, a mesmíssima desordem. Recolocou os óculos e novamente passou a vê-la diferente, só com as coisas perdidas, convidando-o para descobri-las.

— Puxa, que engraçado!

Os Óculos da Poesia eram, sem dúvida, mais uma invenção fantástica do velho. Se os colocasse, passava para o outro lado. Se os retirasse, voltava à realidade. Como num piscar de olhos.

— Vou ficar com eles direto e ver só o que existe na Terra do Lá — decidiu o menino.

Meteu-se pelo corredor e saiu à rua. Logo viu, na calçada oposta, uma bola de futebol novinha junto ao tronco de uma árvore. Ficou pensando em quem a teria perdido. Era mais uma ideia para sugerir ao inventor: que criasse um Detector de Donos, para devolver a eles o que haviam perdido. Iam certamente ficar felizes. Então, lembrou-se de que também perdera muitas coisas queridas e que talvez pudesse reencontrá-las ali. Viu uma bicicleta estacionada ao lado de um portão, subiu nela e se mandou rumo à sua casa na Terra do Lá.

— Aí vou eu! — gritou, feliz, descendo a rua a toda velocidade.

Chegou rapidinho em casa, encostou a bicicleta no muro e observou a grama do jardim, no meio da qual brilhava ao sol um soldadinho de chumbo que perdera há muitos anos.

— Caramba! Procurei tanto e estava aqui!

Foi aí que ouviu alguém dizer às suas costas:

— Ei, dá licença! Você tá me atrapalhando.

O menino se virou, olhou ao redor e não viu ninguém.

— Vamos, garoto! Quero entrar e você fica aí no meio do caminho.

— Será que tô ficando louco?

— Mais um que se perdeu e não sabe onde veio parar... — alguém disse à sua frente.

— Acho que tô ouvindo vozes! — falou o menino, apreensivo.

— É claro que está! Você pensa que eu sou o quê?

— Com quem eu tô falando?

— Ora, com uma voz.

— Onde você está?

— Bem abaixo do seu nariz.

— Não tô vendo.

— Você já viu alguma voz, garoto?

— Não.

— É claro! Vozes são apenas ouvidas.
— Já sei! — exclamou o menino. — Você é a voz que alguém perdeu.
— Demorou, hein?
— Sim, uma voz perdida.
— Já vi que você não é deste mundo.
— Não mesmo. Vivo do outro lado. Vim aqui só procurar um amigo que se perdeu.
— Um amigo? — perguntou a voz, em tom de interesse.
— É, um inventor — respondeu o menino.
— Inventor e escritor são os que mais aparecem por aqui. Eta gente que gosta de se perder!

O menino começou a apreciar aquela conversa. Talvez a tal voz pudesse lhe explicar melhor como é que funcionava a Terra do Lá.

— Tem muita coisa perdida por aqui?
— Tem de tudo: pente, garfo, flauta, CD, sapato, binóculo, chave, bolsa, brinquedo, carteira, qualquer coisa que alguém perdeu do outro lado. Você vai ver.

— Já tô vendo! — disse o menino. — Aquele soldadinho de chumbo, ali na grama, eu mesmo perdi.

— Eu não disse?

— Você tá aqui faz tempo? — perguntou o menino.

— Há anos — respondeu a voz. — Meu dono já deve estar bem velho.

— E como você veio parar aqui?

— O meu dono era um sonhador e gritava aos quatro ventos o seu sonho. Mas vivia num país em conflito e os governantes perseguiam os sonhadores. Um dia o pegaram e arrancaram sua voz.

— Puxa, que triste...

— Mas não pense que vim sozinha, não. Essa terra está cheia de vozes perdidas que vieram na mesma época que eu.

— E o que vem pra cá não pode voltar pra lá? — quis saber o menino.

— Poder, pode — respondeu a voz. — Mas é muito difícil.

— Por quê?

— Porque a vida é cheia de perdas — disse a voz. — As pessoas perdem as coisas pra aprender uma lição.

— Ora, depois de aprender, poderiam recuperar o que perderam.

— Assim iriam também desaprender tudo.

— Não gosto nem um pouco disso — falou o menino.

— Nem eu. Mas o que eu posso fazer? Sou apenas uma voz perdidinha da silva entre tantas outras.

— Todo mundo fica triste quando perde alguma coisa.

— Mas ganha outra coisa mais valiosa.

— O quê? — quis saber o menino.

— Ganha experiência — disse a voz. — Aprende que não se deve dar tanta importância às coisas, e sim às pessoas.

— Tô entendendo. Só que a gente podia aprender de outro jeito. Sem precisar perder.

— É o que todo mundo diz.

— Você falou que é difícil, mas não impossível as coisas voltarem pro outro lado.

— É verdade — confirmou a voz.

— E como a gente pode recuperar o que perdeu? — perguntou o menino.

— Aí é com você — respondeu a voz. E continuou: — Bem, agora posso passar?

— Aonde você vai com tanta pressa?

— Vou me juntar a outras vozes perdidas. A gente costuma se reunir pra conversar um pouco. Assim o tempo passa.

— Tá bom — disse o menino, dando passagem. — Foi um prazer conhecê-la.

— Pra mim também — disse a voz. — A gente se fala por aí!

Em seguida, o silêncio pairou novamente. E o menino resolveu entrar em casa para ver se encontrava outras coisas perdidas.

Novas descobertas

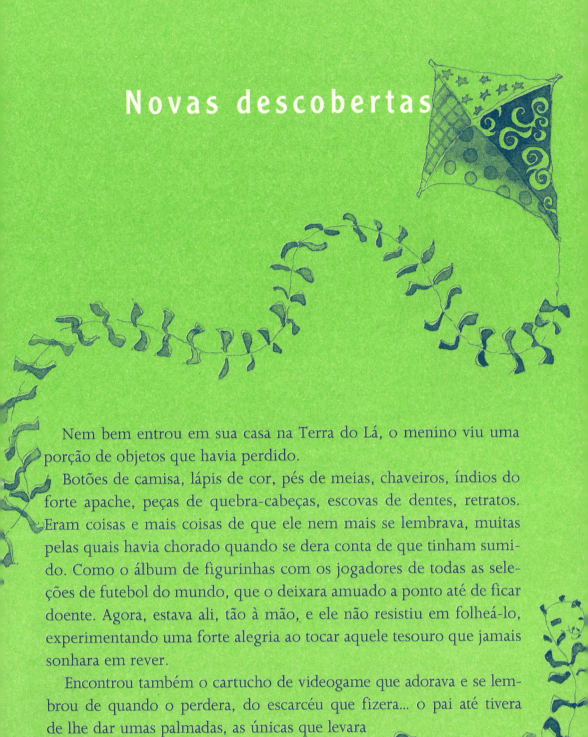

Nem bem entrou em sua casa na Terra do Lá, o menino viu uma porção de objetos que havia perdido.

Botões de camisa, lápis de cor, pés de meias, chaveiros, índios do forte apache, peças de quebra-cabeças, escovas de dentes, retratos. Eram coisas e mais coisas de que ele nem mais se lembrava, muitas pelas quais havia chorado quando se dera conta de que tinham sumido. Como o álbum de figurinhas com os jogadores de todas as seleções de futebol do mundo, que o deixara amuado a ponto até de ficar doente. Agora, estava ali, tão à mão, e ele não resistiu em folheá-lo, experimentando uma forte alegria ao tocar aquele tesouro que jamais sonhara em rever.

Encontrou também o cartucho de videogame que adorava e se lembrou de quando o perdera, do escarcéu que fizera... o pai até tivera de lhe dar umas palmadas, as únicas que levara em toda a sua vida. Surpreendeu-se, igualmente, com a quantidade de objetos espalhados pela casa que pertenciam aos pais: grampos de cabelo, dinheiro, tarraxas de brincos, pingentes, abotoaduras, recibos, cordões de sapato, uma carteira de identidade da mãe, livros, facas, colheres, fivelas de cinto, lenços, gravatas, batons...

Foi ao quintal e lá viu a pipa que perdera um dia e que agora oscilava no céu, bela e perfeita.

— Incrível! Tá tudo aqui!

Eram perdas e mais perdas e mais perdas de toda a família. E como fazer para resgatar aquilo? O menino queria saber. Ia dar um jeito de descobrir. Mas não ali, onde não havia ninguém. Precisava sair à rua, conhecer melhor aquela terra.

Refletiu um momento e resolveu deixar a questão para depois. O mais importante, no momento, era procurar o inventor. Afinal, fora até ali para ver se ele necessitava de ajuda, se estava perdido no meio de alguma nova invenção.

No entanto, por onde começar a busca? Se tivesse um Localizador Eletrônico que funcionasse na Terra do Lá, a coisa seria mais fácil. Bem, era mais uma sugestão para dar ao velho. E que poderia beneficiar muita gente. Quem é que não gostaria de encontrar algo valioso que um dia desaparecera do mundo real?

— O jeito é andar por aí e ver se alguém me ajuda.

Saiu a caminhar pelas ruas desertas da cidade quando viu, além de um muro, a cabeça de um cavalo. Era a primeira criatura viva que encontrava naquele universo povoado de coisas perdidas. Acercou-se do muro, curioso, para espiar e se espantou ao ver que o cavalo não tinha o resto do corpo.

— Que coisa estranha!

Ouviu um relincho em resposta. Mirou imediatamente o Decifrador de Sons para saber seu significado e assim também poder mediar um diálogo com o bicho.

— Estranha por quê? — dissera o animal. — Você nunca ouviu falar da mula sem cabeça?

— É claro que sim — respondeu o menino.

— Pois eu sou a cabeça da mula sem cabeça.

— Quer dizer, você é a cabeça que ela perdeu?

— Tá duvidando?

— Longe de mim. Eu só perguntei.

— Ah, bom!

— Não pensei que fosse encontrar você aqui — disse o menino.

— Por que não? Esta é a terra das coisas perdidas.

— Pois é, tô começando a conhecer agora.

— Onde você pensa que está a mão que o capitão Gancho perdeu? — perguntou a cabeça da mula sem cabeça, relinchando. — E onde você acha que foram parar a perna e o olho que o marinheiro da perna de pau e de olho de vidro perdeu?

— Aqui!

— Pois então!

— Eu não tinha me dado conta — disse o menino. — Cheguei há pouco e tudo é novidade pra mim.

— Já deu pra perceber, garoto.

— As outras coisas que a gente perde vêm pra cá também?

— Que coisas?

— Medo, por exemplo.

— Sim.

— E fome? Tem gente que perde a fome.

— Vem tudo pra cá — confirmou a cabeça da mula sem cabeça. E continuou: — A vontade, o ânimo, a fé, a paixão. Tanto as emoções quanto os sentimentos. Estão todos circulando por aqui. Aliás, esta terra está ficando populosa demais. Vocês precisam parar de perder as coisas com tanta facilidade.

— E a esperança? — perguntou o menino. — Quando alguém perde a esperança, ela vem pra essa terra, não vem?

— Exatamente. Acho que você já está entendendo.

— E por onde andam as esperanças perdidas?

— Por aí.

— Posso ver uma aqui como vi há pouco o soldadinho de chumbo, o álbum de figurinhas, a pipa e umas outras coisas que perdi?

— O que você acha? Você vê esperança lá no seu mundo?

— Não. Eu sinto.

— Pois então! Aqui é a mesma coisa — zurrou a cabeça da mula sem cabeça. E completou — Quando você encontrar algum sentimento que perdeu, vai sentir no ato.

— E tem jeito da gente recuperar? — perguntou o menino, de olho na resposta do animal, que o Decifrador de Sons traduzia.

— É quase impossível. Ninguém pode beber o leite derramado.

— Como assim?

— O que foi feito não pode ser desfeito. Já pensou se a mula sem cabeça me recuperasse? Não teria mais graça. Ninguém ia se assustar com ela. O que passou, passou. Não podemos parar o tempo. As perdas ajudam a escrever a nossa história.

— Quer dizer que o que tá perdido aqui tá perdido pra sempre? — perguntou o menino, apreensivo.

— É preciso saber primeiro se o que foi perdido não está no seu mundo. Nem tudo que se perde desapareceu de lá.

— Alguém pode ter pego.

— Sem dúvida. Seu mundo está cheio de ladrões. E eles não roubam apenas o dinheiro, o carro e a casa dos outros. Roubam coisas mais preciosas: sonhos, ideias, alegrias.

O menino permaneceu calado, pensando num aparelho que pudesse evitar o roubo, por exemplo, de uma alegria. Uma espécie de protetor com um alarme para alertar a aproximação de um larápio. Não podia se esquecer de dar mais essa sugestão ao inventor.

A cabeça da mula sem cabeça continuou, aos relinchos:

— Veja, você veio até aqui e não me parece totalmente perdido. Ou seja, você na certa vai voltar para o seu mundo.

— Sim. Estou só procurando um amigo. Aliás, vim graças a uma invenção dele: os Óculos da Poesia.

— Compreendo.

— Você sabe onde eu poderia encontrá-lo?

— Não tenho a mínima ideia. Eu sou apenas uma cabeça perdida e vivo a vagar por aí.

— Bem, obrigado pela atenção — disse o menino. — Tenho de continuar a minha busca.

— Boa sorte — falou a cabeça da mula sem cabeça. — E não perca a paciência com as dificuldades que encontrar!

Andando e aprendendo

O menino continuou caminhando, sem saber onde encontraria o inventor. A Terra do Lá era do tamanho de seu mundo e demoraria anos para explorá-la, sobretudo porque parecia não existir ali nenhum meio de transporte.

— Só se eu voltar e pegar a bicicleta que achei...

Ia retornar quando viu uma perna negra passar a seu lado, descer a rua aos pulos e virar uma esquina, desaparecendo tão rápido quanto havia aparecido. Ele achou engraçado: em vez da pessoa sem uma perna, era a perna sem o resto da pessoa.

— Peraí! — disse o menino. — Talvez seja a perna do saci-pererê. Sim, só pode ser a perna que ele perdeu!

Correu rua abaixo para ver se descobria para onde ela fora, mas, ao chegar à esquina, surpreendeu-se com dois grandes olhos azuis que vinham em sua direção, flutuando. Assim como a perna sem o saci, eram olhos de uma pessoa... mas sem a pessoa. O menino logo calculou que alguém perdera a vista em seu mundo e lembrou das palavras da voz com que falara ainda há pouco: toda perda ensinava uma lição.

O que de tão importante o dono daqueles olhos lindos não sabia e tivera de perdê-los para aprender?

O menino teve vontade de conversar com os olhos, que cintilavam de tão azuis e pararam um instante, mirando-o silenciosamente. Mas olhos não falam, ao menos não a linguagem das palavras. Seria mais uma boa ideia a sugerir ao inventor: a criação de um Tradutor de Olhos. Assim, poderia também saber o que os olhos das pessoas diziam.

Os olhos azuis continuaram a observar o menino e, de fato, pareciam querer dizer algo, tanto que se abriram como costumam se abrir os olhos quando sorrimos. Depois, piscaram várias vezes e seguiram rua acima, sem se voltar para ele.

— Será que eram olhos de um homem ou de uma mulher? Bem, não importa.

Resolveu virar a esquina, seguindo na direção em que fora a perna preta. Deu alguns passos e, de súbito, viu sair de trás de uma árvore uma boca sorrindo, que pairou à sua frente.

— Você gosta de falar sozinho?

— Às vezes — respondeu o menino.

E perguntou:

— Quem é você?

— Sou um sorriso, não está vendo?

— Tô vendo uma boca sorrindo e falando.

— É claro, um sorriso vive na boca das pessoas. E é por meio dela que as pessoas falam.

— Tá bom — disse o menino. — Mas, se veio parar aqui, você é um sorriso perdido!

— Bidu.

— É uma pena alguém ter perdido o sorriso.

— Pois é. Mas aqui eu continuo sorrindo.

— E não era pra continuar? — estranhou o menino.

— Sim. Você é quem está lamentando que alguém me perdeu — disse o sorriso.

— E não é triste uma pessoa perder a vontade de sorrir?
— É, mas assim é que as coisas funcionam.
— Assim como?
— O que se perdeu do outro lado, continua aqui do mesmo jeito.
— Pra sempre? — o menino ficou intrigado.
— Sim! — respondeu o sorriso com um sorriso largo. — As coisas aqui não envelhecem.
— Mas podem voltar pro meu mundo?
— Raramente.
— Por quê? — perguntou o menino, impaciente. — Eu soube por uma voz perdida que as coisas só vêm pra cá quando as pessoas precisam aprender uma lição.
— É verdade — disse o sorriso. — E você acha que se as pessoas recuperassem o que perderam não iam se esquecer novamente da lição?
— Talvez não.
— Engano seu, garoto. Ninguém quer perder. Todo mundo só quer ganhar. Esse é o problema.
— Ora, a gente também aprende quando ganha — disse o menino.
— É claro — concordou o sorriso. — Aprendemos a ter mais confiança em nós, a não desanimar quando a situação está difícil, a ser mais solidários, a repartir a nossa alegria...
— Então?!
— É que, muitas vezes, pra ganhar, as pessoas acabam perdendo coisas valiosas, como a dignidade, a humildade, a paz interior. E acabam aprendendo na marra algo importante não pelo que ganharam, mas pelo que perderam ao ganhar.
— Que complicação — disse o menino. E se lembrou do inventor.
Precisava encontrá-lo logo e, quem sabe, ajudá-lo a desenvolver um Redutor de Perdas para facilitar a vida de todo mundo. Só que teria de regulá-lo muito bem, porque certas

coisas deviam mesmo se perder. O mau humor, por exemplo. O orgulho. A arrogância.

— E tem mais — disse o sorriso, revelando dentes belos e alvos. — Quando as pessoas precisam só de uma liçãozinha, o que elas perderam reaparece. Pode demorar, mas como está em algum canto no seu próprio mundo, uma hora elas acham.

— Se é assim...

— Olha, garoto, não se preocupe, senão você vai acabar perdendo o bom humor.

— E se eu perder?

— Bem, você está aqui mesmo — o sorriso respondeu. — E pode encontrá-lo.

— Mas não é raro recuperar as coisas que vêm pra cá?

— Se você perdeu no seu mundo, sim. É a lição que tinha de aprender. Mas se perdeu aqui, é fácil.

— E por quê?

— Ora, porque aqui tudo já está perdido. Se você perder alguma coisa nesta terra, ela permanece onde está, não vai para o seu mundo.

— Tá bom, entendi. Mas você ainda não me disse como posso recuperar algo que perdi no meu mundo e veio pra cá.

— Repito, é coisa rara — respondeu o sorriso. — E se eu não disse como fazer, é porque não sei!

— Você não está me escondendo nada? — insistiu o menino.

— Olha, as poucas coisas que conseguem voltar daqui para o seu mundo são as esperanças — disse o sorriso.

— E como fazem isso?

— É um segredo que só elas sabem — respondeu o sorriso. — Pra não dizer que estou mentindo, sei que o retorno delas ao seu mundo tem a ver com as palavras.

— Com as palavras? — perguntou o menino, admirado.

— Sim.

— Será que existe uma fórmula mágica pra recuperar as esperanças perdidas?

— Lamento não poder ajudá-lo nesse ponto. Só sei que certas palavras são como anzóis e conseguem pescar as esperanças que vivem à deriva por aqui.

O menino refletiu um momento. Bem que o inventor poderia fazer uma Combinadora de Letras para descobrir uma fórmula de recuperar esperanças perdidas...

— O que você está pensando? — perguntou o sorriso, vendo o menino pensativo.

— Nada — respondeu ele. — Preciso continuar minha busca. Tô procurando um amigo que veio pra cá.

— Quem é ele?

— É um inventor.

— Adoro inventores — disse o sorriso. — Eles nos fazem sorrir com as suas criações engraçadas.

— Mas você sorri com qualquer coisa!

— Pois é. Como sou um sorriso, mesmo perdido, minha vida é sorrir. E saiba: as pessoas só são felizes quando descobrem para o que foram feitas, o que vieram fazer no mundo, o que possuem de melhor. E, às vezes, têm de se perder pra fazer essa descoberta.

— Bem, foi um prazer conhecê-lo — disse o menino. — E obrigado pelas informações.

— O prazer foi meu — respondeu o sorriso, os lábios brilhantes. E, satisfeito, seguiu em frente. — Boa sorte!

O menino prosseguiu, a esmo, a caminhada. Ecoava em sua mente uma pergunta que nunca fizera a si mesmo: para o que ele tinha sido feito? O que possuía de melhor?

53

A procura continua

Concentrado em seus pensamentos, o menino foi andando até dar na praça da cidade, onde se costumavam realizar festas e todo tipo de comemoração. Espantou-se ao ver no passeio, na grama e em todos os canteiros da praça uma quantidade enorme de objetos que as pessoas haviam perdido ali.

Havia relógios de tudo quanto era tipo, cintos, botas, agendas, cartões telefônicos, carteiras de estudantes, revistas, grampos de cabelo, cotonetes, CDs, dropes, correntes de ouro, brincos, escovas, patinetes, panelas, garrafas, pacotes de presentes de vários tamanhos, bolas de futebol, cadeiras, bolsas, fotografias, chupetas, chocalhos, calendários, cartas, talões de cheques, calculadoras de bolso, moedas e mais moedas, um verdadeiro tesouro a céu aberto.

Atônito, o menino olhou para aquele mundo de coisas e ficou a imaginar como e quando elas tinham ido parar ali, quem seriam seus donos, que lição teriam aprendido ao perdê-las.

— Nossa, que loucura!

Continuou a andar lentamente, cuidando para não pisar em nada, parando vez por outra para examinar algum objeto: um boné novinho, um legítimo canivete suíço, um gibi do Homem-Aranha (de quem ele era fã), uma viatura de polícia com controle remoto, um DVD do Scooby Doo. Teve vontade de juntar tudo numa sacola que também encontrou em meio àquela coisarama, mas não sabia como levar aquilo para o seu mundo. Além do mais, aqueles objetos não lhe pertenciam, eram de outras pessoas, e não seria justo se apropriar deles.

De súbito, um cachorro saiu por detrás de um banco e veio latindo em sua direção:

— Au-au-au, au-au.

O menino se apressou em saber o significado daquele au-au-au, au-au em seu Decifrador de Sons:

Ei, quem é você? O que veio fazer aqui?

— Calma, amigão. Sou de paz. Vim só procurar um amigo.

O cachorro parou de latir e começou a abanar o rabo.

O menino então murmurou, hesitante:

— Será que ele me entende?

Assim como usava o Decifrador para traduzir a linguagem dos sons, talvez fosse preciso inventar um Tradutor da Linguagem Humana para os bichos entenderem o que as pessoas diziam. Mais uma ideia para dar ao inventor.

— Au-au-au, au-au, au, au — o cachorro se pôs a latir.

Ou seja: *É claro que eu entendo você!*

— Menos mal — disse o garoto.

E passou a dialogar com o cachorro, como fizera com a cabeça da mula sem cabeça, checando tudo o que ele dizia no Decifrador.

— Quem você está procurando? — perguntou o cachorro.

— Um inventor — disse o menino. — Era meu primeiro dia de trabalho como seu ajudante. Mas descobri que ele veio pra cá e pensei que talvez estivesse em apuros.

— E por que estaria?

— Sei lá. Esta não é a terra das coisas perdidas?
— E daí?
— Daí que ele poderia estar perdido, sem conseguir voltar.
— E você sabe como voltar? — perguntou o cão.
— Ora, é só tirar os Óculos da Poesia — respondeu o menino.
— Que negócio é esse?
— Uns óculos que me permitem ver as coisas que se perderam e vieram pra cá.
— E quem inventou esses óculos?
— O inventor, ora!
— Então, ele sabe se virar sozinho — disse o cachorro. — Não precisa da ajuda de ninguém.
— Mas ele pode ter se perdido!
— Essa sua história não está me cheirando bem — disse o cão, aproximando-se dos pés do menino.
— Tá desconfiando de mim?
— Acho que você veio aqui porque é curioso demais.

— Curiosidade é fundamental para um aprendiz de inventor. Mas ninguém é mais curioso do que os cachorros que ficam o tempo todo cheirando a gente.

— Não precisa ser mal-educado — falou o cão, continuando a farejá-lo. — Pelo olfato descobrimos se uma pessoa é boa, se está mal-intencionada, se anda triste, se planeja uma festa, se teve um sonho ruim, se é sincera.

"Aí estava mais uma boa ideia para dar ao inventor", pensou o menino, "um Decifrador de Cheiros".

— Você já me cheirou demais — disse ao cão. — O que achou de mim?

— Um garoto xereta, como eu imaginava. E está querendo descobrir como levar as coisas perdidas de volta para o seu mundo.

— Puxa, que faro!

— Obrigado pelo elogio.

— E você sabe como eu posso fazer isso?

— Não. Se soubesse, já tinha voltado pro meu dono — respondeu o cachorro.

O menino resolveu conferir as informações que tinha obtido com a voz, a cabeça da mula sem cabeça e o sorriso.

— É verdade que as pessoas perdem as coisas pra aprender uma lição?

— Sim.

— E por que só as esperanças conseguem voltar?

— Porque sem esperança o seu mundo está perdido — disse o cão, e abanou o rabo. — Mas também não é sempre que elas voltam.

— E como conseguem?

— Certas palavras têm o poder de puxar as esperanças de volta para o coração de quem as perdeu.

— Que palavras são essas?

— Desculpe, garoto, mas não sei. Já disse: se soubesse, teria há muito voltado pro meu dono. Sei quanto ele sente a minha falta.

O menino voltou a pensar. Em vez de uma Combinadora de Letras, seria melhor sugerir ao inventor que tentasse construir logo uma Recuperadora de Esperanças. Sim, talvez fosse mesmo uma boa ideia. E ele já tivera várias nessa manhã. Vai ver nascera para ser um inventor também!

Sentiu-se alegre com essa inesperada descoberta e sorriu.

— O que foi? Falei alguma bobagem? — quis saber o cachorro.

— É claro que não.

— Então, por que você está rindo?

— Acho que descobri pra que fui feito.

— Que novidade! Eu já sei desde que cheirei você.

— Ah é? E pra quê? — desafiou o menino.

— Você nasceu pra ser inventor — respondeu o cão.

— Assim é fácil. Eu mesmo falei pra você que sou ajudante de um inventor.

— Ajudante é ajudante. Pode nunca chegar a ser um inventor. Mas não é o seu caso. Meu faro não me engana.

— Espero que esteja certo.

— Aliás, estou certo de que você não veio aqui atrás de ninguém.

— Claro que vim! — protestou o menino.

— Acho que você está perdido — disse o cão.

— Vim por livre e espontânea vontade. E só vim porque o inventor estava aqui, na Terra do Lá.

— Tá bom, vou acreditar.

— Acredite ou não, é a pura verdade.

59

— Não perca a esportiva, garoto.

— Pode deixar, não vou perder.

— Só estou dando a minha opinião — falou o cachorro. — Às vezes, a gente pensa que fez isso e aquilo porque quis, sem perceber que fez porque a vida exigiu.

— O que você tá insinuando?

— Será que você veio porque quis mesmo ou as coisas o empurraram pra cá? Pra aprender algo?

O menino ficou encucado. Relembrou como descobrira o caminho para chegar à Terra do Lá. Estava na oficina do inventor à espera dele, quando derrubou a caixa de parafusos que o alertou para ver o Lost. Ligou o Lost e descobriu que o velho estava no mundo das coisas perdidas. Mas só decidiu procurá-lo depois que o vento moveu a porta de um dos armários de ferramentas. Então, foi até o Livro de Respostas e, ao folheá-lo, teve a inspiração que o levou a consultar a Incubadora de Ideias. E, por meio dela, encontrou os Óculos da Poesia, que o transportaram para esse universo.

— Ficou mudo? — perguntou o cão.

O menino suspirou, sssssuusss, e, se tivesse verificado seu Decifrador de Sons, descobriria que seu suspiro dizia literalmente *Talvez esse cachorro tenha razão*, embora não quisesse aceitar essa hipótese.

Não tinha lição nenhuma para aprender ali, embora soubesse agora algo importante sobre seu futuro: sabia para o que tinha sido feito. E não estava perdido coisa nenhuma. Bastava tirar os Óculos da Poesia e retornaria ao seu mundo. Além do mais, ele só chegara à Terra do Lá graças ao Decifrador.

Sim, fora o seu desejo por descobrir o que dizia o som das coisas e pedir ao inventor que criasse um aparelho com essa finalidade que o levara até ali.

— Bem, preciso continuar minha busca — disse o menino.

— Você é quem sabe — falou o cão.

— Pode me dar alguma dica?

O cachorro ergueu o focinho e, imediatamente, se pôs a farejar o ar em todas as direções.

— Não sinto nenhum cheiro de inventor — respondeu.

— Tem certeza?

— Absoluta, meu caro.

O menino olhou adiante a montoeira de objetos perdidos na praça. Decidiu ir em frente e atravessá-la.

— Vou reto — disse, decidido.

— É uma boa escolha — aprovou o cachorro. — Tem muita esperança naqueles lados. Você não queria saber como elas voltam pro seu mundo?

— Sim!

— Então? Melhor perguntar direto a elas. Quem sabe contam a você qual o segredo.

— Muito obrigado — disse o menino. — E até mais!

— Até!

Perdas invisíveis

    O menino seguiu a sua intuição e foi no rumo em que o cachorro dissera existirem esperanças. Passou pelo mercado, onde tantas vezes fora com a mãe em seu mundo, e viu uma porção de coisas perdidas à entrada: pacotes de compras, mochilas, bengalas, pés de chinelo, latas de alimentos, bonés, vassouras e dezenas e dezenas de carteiras. Aproximou-se, pegou uma delas e notou que estava cheia de dinheiro.

    — Puxa, estou rico! — vibrou.

    Começou a fazer planos: iria comprar um montão de chocolates, balas, salgadinhos, brinquedos.

    Mas aí se lembrou de que não podia levar nada do que estava ali, na Terra do Lá, e sua felicidade murchou. Pensou no dono daquele dinheiro todo, quanto não teria trabalhado para juntar aquela quantia e os problemas que aquela perda teriam causado em sua vida. Talvez fosse o salário de um mês inteiro, ou mesmo as suas únicas economias. Repôs a carteira onde a encontrara e se afastou. Não lhe pertencia. O justo era que voltasse para as mãos da pessoa que a perdera. Agora estava entendendo melhor o mundo das coisas perdidas. E, se quisesse levar algo de volta para casa, precisava descobrir a fórmula para recuperá-lo.

Contudo, essa não era a sua prioridade; estava se desviando de seu objetivo. Antes de tudo, tinha de achar o inventor. Para isso fora até ali. E com a ajuda dele, aí sim, quem sabe pudesse criar uma máquina capaz de levar as pessoas àquilo que haviam perdido...

Continuou caminhando em linha reta. Se o cachorro estivesse certo, ia acabar cruzando com alguma esperança. Mas, depois de passar por várias ruas, todas elas abarrotadas de objetos que haviam sumido da vida das pessoas e ido para a Terra do Lá, o menino viu-se fora da cidade.

Pegou a estrada de terra ladeada de árvores e ouviu o canto de um pássaro. O som melodioso vinha dos galhos de um ipê, e ele, apesar de observá-los por um longo tempo, não conseguiu distinguir nada a não ser a folhagem verde, oscilando ao vento.

— Deve ser o canto que algum pássaro perdeu — concluiu.

Era uma pena. Um pássaro silencioso não tinha encanto. Por mais belos e coloridos, por mais extraordinários que fossem em seu voo, o melhor dos pássaros era o canto. Eles sabiam que haviam nascido para cantar e por isso eram felizes.

O menino parou um instante, refletindo. Quanta criatura, homem ou bicho, não vivia agora em seu mundo desprovido de algo vital para a sua felicidade? Além da voz e da visão, havia pessoas que perdiam a audição. Outras, como a mula sem cabeça, perdiam a cabeça. Às vezes, até um braço, ou uma perna, como o saci.

Havia gatos que perdiam a astúcia, borboletas que perdiam as asas, cristais que perdiam o brilho, espelhos que perdiam a capacidade de reproduzir as imagens, ventos que perdiam a força, jardins que perdiam suas flores. Tantas perdas, tantas lições dolorosamente aprendidas.

Então, de repente, o menino ouviu às suas costas um som: iu-uuuuu. Virou-se, mas não achou ninguém. Mesmo assim, teve certeza de que não estava só. Alguém parecia vigiá-lo de perto, e ele podia sentir sua presença.

— Quem está aí? — perguntou.
— Sou eu — ouviu em resposta. — Um desejo.
— Um desejo?
— Sim. As pessoas também perdem o desejo.
— Que tipo de desejo? — perguntou o menino.
— Todo tipo de desejo. Desejo de se divertir, de lutar, de fazer o bem, de sonhar, de viver.
— E cadê você?
— Estou aqui, bem ao seu lado.
— Você também é invisível — disse o menino, lembrando-se do encontro que tivera com a voz.
— Não se podem ver as emoções — disse o desejo. — Apenas senti-las.
— Estou sentindo.
— Pois então?
— E tem outras emoções aqui por perto?
— Muitas! Estão todas flutuando ao seu redor. A cada passo que você der é capaz de esbarrar em uma, como aconteceu comigo. Você quase me nocauteou.
— Mas eu só sinto a sua presença — disse o menino.
— É assim mesmo. As pessoas só sentem uma emoção de cada vez.
— Peraí. Às vezes, a gente sente alegria e tristeza ao mesmo tempo. Ou raiva e desânimo. Ou vontade e medo.

— E o que acontece?

— A gente fica sem saber o que fazer — respondeu o menino.

— Ou seja, se sente perdido — completou o desejo. — Por isso, só dá pra sentir uma emoção de cada vez.

— E quando vem uma atrás da outra?

— Elas só estão agarradas umas às outras, mas não misturadas a ponto de confundir a pessoa.

O menino meditou um pouco, imaginando um dispositivo capaz de possibilitar às pessoas sentirem muitas emoções ao mesmo tempo sem se perder.

— Seria um Extensor de Emoções — murmurou.

— O quê? — perguntou o desejo.

— Nada, nada. Estou só pensando em inventar um aparelho.

— Ah!

— E que tipo de desejo é você? — perguntou o menino.

— Sou o desejo de um homem que queria melhorar o mundo.

— Puxa, e ele perdeu esse desejo?

— Sim, ele me perdeu.

— Vai ver não era um desejo forte — comentou o menino.

— Ao contrário. Eu sou um desejo poderoso, mas mesmo assim ele me perdeu.

— E por quê? Ele não aguentou os obstáculos?

— É o que costuma acontecer. Diante de tantas dificuldades a transpor, as pessoas acabam desistindo, não têm mais força para continuar. Mas não foi o que aconteceu com esse homem.

— E o que aconteceu, afinal?

— Ele queria mudar o mundo a todo custo, de uma hora para a outra. Era ansioso demais. E ninguém muda as coisas assim. É preciso ter paciência.

— Ele teve de perder você pra aprender essa lição?

— Exatamente. Antes de mudar os outros, era preciso que ele mudasse a si mesmo.

— Tô entendendo.

— E talvez eu ainda possa voltar.

O menino não disfarçou seu interesse. Será que o desejo sabia de algum segredo para recuperar as coisas perdidas?

— Como? — perguntou.

— Não sei. Mas sou um desejo e minha missão é desejar.

— Pensei que você pudesse voltar, como as esperanças — comentou o menino, decepcionado.

— Bem que eu gostaria! Não é fácil ser uma coisa perdida. A gente sente falta do dono.

— É, ninguém quer perder. Todo mundo só quer ganhar.

— O pior é que as pessoas não sabem que também ganham quando perdem.

— Como assim? — indagou o menino, fazendo-se de bobo. — Ganham o quê?

— Sabedoria, por exemplo.

— Sabedoria?

— Sim. Muitas vezes as pessoas querem realizar um sonho, mas não sabem como. Sem sabedoria não vão muito longe.

O menino concordou. Desde que acordara, já tivera várias ideias de máquinas e aparelhos que poderiam ser inventados, mas não sabia como fazê-los. Precisava de sabedoria.

— E a gente só ganha sabedoria perdendo algo? — perguntou.

— Nem sempre — respondeu o desejo.

— Ainda bem. Talvez eu não precise perder muitas coisas pra ser um inventor.

— Veja o lado bom das perdas — disse o desejo.

— E o que mais se ganha quando se perde? — quis saber o menino.

67

— Muitas coisas: humildade, paciência, compreensão. Depende do que a pessoa esteja precisando.

— Da lição que ela tenha de aprender?

— Exatamente.

Fez-se uma pausa. Mas logo o desejo voltou a falar:

— Você está desejando algo. Posso sentir.

— Não estou, não.

— Olha que de desejos eu entendo!

— Bem, vim aqui porque quero encontrar um amigo meu, inventor.

— Só isso?

— Quando cheguei era só isso — confessou o menino. — Mas agora, depois de conhecer um pouquinho da Terra do Lá, também quero saber como recuperar as coisas perdidas.

— O quê, por exemplo? — interessou-se o desejo.

— Um álbum de figurinhas com todas as seleções de futebol do mundo.

— E o que mais?

— Um cartucho de videogame, uma pipa, um índio do forte apache. Só pra começar.

— São coisas que você perdeu, não?

— Pois é. E descobri há pouco que estão aqui.

— São tão importantes assim pra você?

— Só fui perceber depois que perdi.

— É o que sempre acontece. Mas você não pensa nos outros, não?

— Claro que penso — respondeu o menino. — Fiquei triste ao ver aqui tantas coisas perdidas. Já pensou em quantas pessoas estão sofrendo por elas?

— Tiveram de perder pra aprender uma lição — disse o desejo.

— Tá certo. Mas acho que poderiam parar de sofrer. É por isso que eu gostaria de inventar uma Recuperadora de Perdas.

— Tô sentindo que esse seu desejo é sincero.

— O problema é que não sei como fazer isso. Tenho de encontrar uma esperança. Ouvi dizer que elas são as únicas que conseguem voltar ao meu mundo.

— É verdade.

— Será que estou na direção certa? — perguntou o menino.

— Sim. Aliás, você está com sorte. Vem vindo uma aí.

— Cadê?

— Lembre-se: uma emoção de cada vez. Logo você vai sentir a presença de uma esperança. Por isso, eu já vou me retirando.

— Foi um prazer conhecê-lo.

— O prazer foi meu. Desejo boa sorte a você.

O menino ficou sozinho outra vez. Mas nem deu tempo de pensar em nada. Foi imediatamente surpreendido por uma forte esperança.

O segredo da esperança

— Tudo bem, garoto? — ouviu dizer às suas costas. — É você quem anda procurando esperanças perdidas?
— Sou — respondeu o menino, virando-se para falar de frente com a esperança, embora não a pudesse ver.
— Pois você encontrou uma — escutou novamente atrás de seus ombros.
Voltou-se outra vez para falar cara a cara com a esperança.
— Onde você está?
— Aqui! Atrás de você!
O menino se virou mais uma vez.
— Está brincando comigo?
— E por que estaria? — falou a esperança, atrás dele.
O menino deu meia-volta, impaciente.
— Você tá se escondendo de mim!
— Pensei que soubesse: as esperanças vivem atrás das pessoas, como asas. Não adianta se virar pra mim. Eu estarei sempre às suas costas.

— Essa pra mim é novidade — disse o menino. — Achei que as esperanças vivessem na frente da gente. Não são elas que nos puxam pra fazer o que sonhamos?

— Não. São os desejos que puxam as pessoas. Eles vão sempre na frente, como uma locomotiva. Mas, por mais fortes que sejam, precisam da ajuda das esperanças. Nós vamos sempre atrás, empurrando.

— Foi por isso que falei com um desejo e, depois dele, veio você?

— Exatamente. Eles sempre vêm primeiro. E nós logo em seguida!

— Que tipo de esperança é você?

— Sou a esperança de um homem que queria mudar o mundo.

— Engraçado... O desejo com quem falei pertencia a um homem que também queria melhorar o mundo.

— E eu sou a esperança dele.

— Desse mesmo homem?

— Sim. Desejos e esperanças andam juntos, sempre em par.

— Quer dizer que esse homem perdeu os dois? — perguntou o menino.

— É claro — respondeu a esperança. — Quando se perde um, o outro vai junto.

— Não acho justo.

— Mas é! Pense comigo: de que adianta ter só o desejo de fazer algo? É preciso a força da esperança para ajudá-lo, para que não desista, porque o caminho até a realização nunca é livre, tem sempre obstáculos.

— E a esperança? Não dizem que ela é capaz de mover montanhas?

— Mas desde que a pessoa queira. Não adianta nada ter esperança e ficar esperando sentado que as coisas aconteçam. É preciso se movimentar, agir, pôr a mão na massa. Se quer chegar a algum lugar, você precisa fazer a sua parte.

— Tem razão — disse o menino, pensando em como conseguira chegar à Terra do Lá.

Podia ter ficado esperando na garagem até que o inventor voltasse, mas decidiu ir ao seu encontro. Tinha sido ajudado, sim, até encontrar os Óculos da Poesia. Porém, o importante é que desejara ir e se mexera para isso.

Vendo o menino em silêncio, a esperança perguntou:

— E então? Perdeu a língua?

— Não — respondeu ele. — Estava pensando em inventar uma máquina que recuperasse de uma só vez desejos e esperanças, já que eles andam juntos. Seria um aparelho 2 em 1.

— E como pensa fazer isso?

— Ainda não sei — respondeu o menino. — Vou precisar da ajuda do meu amigo inventor. É por isso que estou aqui! Vim à procura dele.

— Gosto muito de inventores. Com suas criações, eles muitas vezes evitam que as pessoas percam as esperanças.

— Concordo — disse o menino, lembrando-se de que já estava desistindo de descobrir o som das coisas quando foi procurar o inventor que realizou seu desejo, fazendo o Decifrador de Sons.

— Você tem alguma pista de onde ele pode estar?

— Não. Só tenho certeza de que veio pra cá. Não sei se tá perdido ou em busca de alguma coisa que se perdeu.

— Não quero desanimá-lo, mesmo porque sou uma esperança, mas a Terra do Lá é imensa, do tamanho do seu próprio mundo.

— Tô sabendo.

— O problema é o transporte. Aqui quase não existem carros, trens, navios e aviões.

— Eu já tinha reparado — disse o menino. — E por quê?

— Ora, essas coisas são muito grandes e difíceis de perder totalmente — disse a esperança. — Em geral, algumas partes continuam no mundo de Lá.

— Mas o Lá não é aqui?

— Sim. Para quem está aqui o outro mundo é o Lá.

— Tá certo.

— Além do mais, as pessoas costumam perder coisas de grande importância e essas são quase sempre pequenas.

— Não entendi.

— Uma esperança como eu, por exemplo. É tão pequena que se torna invisível aos olhos, apesar de ter uma força capaz de milagres.

— Quer dizer que eu tô procurando uma agulha no palheiro? — perguntou o menino.

— É. É isso — disse a esperança. — Mas, de repente, existe um jeito de você descobrir o paradeiro do inventor sem ter de caminhar por toda a Terra do Lá.

— Como?

— Sei lá. Talvez se recordando de como você chegou aqui.

— E o que tem a ver uma coisa com a outra?

— A memória é uma das maneiras de se aproximar das coisas perdidas.

— Então, posso recuperar o que perdi com a memória? — disse o menino, excitado. — Pensei que fosse só com as palavras.

— Ei, ei, um momento — disse a esperança. — Vamos devagar. Eu disse que, com a memória, você pode se encontrar de novo com as coisas perdidas. Mas não disse recuperá-las.

— Já encontrei com elas. Estou aqui, na Terra do Lá. E vim porque coloquei os Óculos da Poesia.

— Está certo. É um outro jeito de chegar até aqui.

— Então, eu também poderia ter vindo só usando a memória? — perguntou o menino.

— Exatamente, meu caro.

— Mas como?

— Deixando as lembranças tomarem conta de seu pensamento — respondeu a esperança.

— Só que não podemos viver do passado.

— Concordo com você. O que não impede a gente de refrescar a memória de vez em quando pra reavivar a lição que aprendemos com uma perda.

O menino pensou no ato em inventar um Despertador de Lembranças. Seria uma maneira diferente de ir até a Terra do Lá.

— Você também poderia reencontrar o que perdeu por meio dos sonhos — disse a esperança.

— Tem razão — disse o menino, agitado. — Sonhei várias vezes que havia encontrado a pipa que perdi, e ela me pareceu tão real...

— Pois então!

— É, mas continuo na mesma. Sem saber onde achar o inventor.

— Vou repetir: por que você não usa a memória e tenta se recordar de como chegou aqui? Acho que aí pode estar a resposta.

— Já disse que vim com os Óculos da Poesia — falou o menino, aborrecido com a insistência da esperança.

— Sim, mas como chegou até ele?

O menino então se lembrou de tudo o que ocorrera na garagem enquanto lá permanecera, à espera do inventor. De repente, teve um clique. Ficou tão excitado que se virou e disse para a esperança:

— Acho que já sei como encontrar meu amigo!

— Ah é? — disse a esperança, novamente atrás dele. — E qual é a saída?

— Vou voltar pro meu mundo. O inventor tem lá na garagem um Livro de Respostas que pode me dar algumas ideias. Daí posso testá-las na Incubadora de Ideias, uma máquina que mostra se uma ideia tem futuro. Foi assim que cheguei aqui.

— Parece uma solução interessante. Ao menos você não vai ficar girando aqui à toa, entre coisas perdidas.

Contudo, apesar dessa resolução inspirada, o menino não parecia totalmente satisfeito.

— O que foi?

— Antes de partir, gostaria que você me ajudasse.

— Se estiver ao meu alcance...

— Me disseram que as esperanças são uma das poucas coisas que retornam às pessoas — falou o menino. — Parece que certas palavras conseguem pescá-las de volta ao mundo real. E, já que você é uma delas, será que não pode me contar que fórmula secreta é essa?

— Por que você quer saber?

— Quero inventar um aparelho que possa recuperar também outras coisas. Acho que as pessoas ficariam felizes.

— Será que, assim, elas não se esqueceriam da lição aprendida com o que perderam?

— Talvez. Mas aí poderiam perder de novo.

— Pra quê? Uma vez só não basta?

— Como esperança, você me parece bem pessimista.

— Não é nada disso. Você pensa que eu não gostaria de voltar ao meu dono e ajudá-lo a melhorar o seu mundo? É claro que gostaria!

— Então? — insistiu o menino.

— O que acontece é que não se pode mudar o passado — disse a esperança. — O que passou, passou.

— Você não respondeu à minha pergunta. Que palavras são essas que conseguem resgatar esperanças perdidas?

Fez-se um longo silêncio. O menino se manteve imóvel, à espera da resposta. Não queria regressar sem esclarecer tal questão. E não estava com cara de que perderia a vontade de desvendar esse segredo.

As palavras certas

— Agora foi você quem perdeu a língua? — disse o menino.
— Não é nada disso. É uma questão delicada e difícil pra mim. A missão de uma esperança é dar ânimo às pessoas e não sei como fazer no seu caso. Estou pensando em como explicar que talvez eu não possa ajudar muito.
— Como não?
— Eu sou apenas uma esperança perdida.
— Tudo bem. Mas será que você nunca viu outra esperança perdida ser resgatada ao meu mundo pelas palavras?
— Pra falar a verdade, sim.
— Então, me conte como foi. É só isso que lhe peço.
— Aí é que está o problema — respondeu a esperança. — Eu vi, mas não posso explicar direito.

— Por quê?

— Porque simplesmente não sei.

O menino se mostrou contrariado. Não acreditava que a esperança estivesse sendo sincera.

— Você tá mentindo.

— Juro que não. Estou falando a mais pura verdade!

— Pensei que o desejo das coisas perdidas fosse voltar a seus donos.

— E é.

— Se fosse mesmo, você estaria colaborando comigo.

— Veja bem, é como uma mágica: você vê uma cartola vazia. Daí o mágico bate com uma vareta na cartola e, sem mais nem menos, sai de dentro dela um coelho.

— E daí?

— Daí que a gente vê, mas não sabe como o mágico fez isso.

— Você tá me enrolando.

— Vou contar um caso — disse a esperança. — Quero ver se você entende.

— Pode contar.

— Ontem mesmo, eu estava andando por aí com outra esperança. De repente, vimos umas palavras descendo juntas do céu, como uma rede de pescar, e a pegaram. Depois, as palavras foram subindo, como se içadas, e desapareceram levando minha amiga.

— E você não fez nada?

— Tentei me agarrar a essas palavras pra ir embora também, mas não consegui.

— E por que elas vieram do céu? — perguntou o menino.

— Ora, porque a realidade fica lá em cima — respondeu a esperança. — Pensei que soubesse que a Terra do Lá é uma réplica igualzinha do seu mundo, só que no andar de baixo.

— Isso eu sabia.

— Pronto: já dei um exemplo. Agora, diga-me: você entendeu o que se passou?

— As palavras recolheram uma esperança assim como quem retira um tesouro do fundo do mar.

— Certo. Mas qual o critério? Por que pegaram minha amiga e não a mim? Por que não me deixaram ir com ela? Por que não têm hora pra aparecer? E quem atira essas palavras aqui na terra das coisas perdidas? Será a mesma pessoa? Aí está a mágica e eu não sei como é que ela funciona.

O menino se pôs a meditar. A esperança atiçara a sua imaginação. Queria a todo custo descobrir esse mistério. Mas por onde começar?

Ao vê-lo tão compenetrado, a esperança soprou:

— Olha, não sei o segredo, mas desconfio de uma coisa que pode ajudar você.

— Então fale logo!

— Acho que existem palavras certas para recuperar cada esperança. E é só para essa esperança que elas servem.

— Dá pra explicar melhor? — pediu o menino, reanimado.

— Essa amiga que estava comigo e foi recuperada era a esperança de uma mulher que sonhava em ser feliz, mas não conseguia porque desejava ter o que não merecia.

— Continuo boiando.

— Bem, as palavras que a levaram tinham relação com essa sua vontade. Consegui perceber isso com clareza. Tanto é assim que grudaram nela como um ímã, enquanto eram totalmente escorregadias pra mim.

— Ah, agora entendi.

— Essa minha suspeita não explica tudo — disse a esperança. — Mas já ajuda, não?

— Mas é claro! — concordou o menino, sentindo que agora, ao menos, tinha uma boa pista.

Talvez pudesse criar uma Rede de Palavras capaz de pegar esperanças na Terra do Lá. Ou mesmo uma Vara de Pesca especial com a qual fisgasse alguma coisa perdida e a pudesse devolver a seu dono. Mas, para isso, precisava voltar ao seu mundo e contar com a ajuda do inventor.

— Bem, fiz a minha parte — disse a esperança. — Você não tem do que reclamar.

— Tenho outra dúvida.

— Puxa, como você é curioso, garoto!

— Se as esperanças podem ser resgatadas significa que as pessoas poderiam aprender as lições sem perder as coisas. Não é?

— Nada disso — respondeu a esperança. — As pessoas só aprendem certas lições quando perdem algo importante. É duro aceitar, mas a vida é assim.

— Poderia ser diferente.

— Mas não é. Lembre-se: toda regra tem uma exceção. Das coisas perdidas que vêm pra cá, só as esperanças podem voltar.

O menino não estava inteiramente convencido.

— E quando uma pessoa recupera a saúde que perdeu?

— É porque a saúde estava em seu mundo, não se perdera completamente a ponto de cair aqui, na Terra do Lá. Bem, garoto, não é hora de voltar pra casa, não?

— É, sim — respondeu o menino. E, olhando a estrada deserta à sua frente, emendou: — Só mais uma coisinha.

— Caramba! Você é persistente, hein?

— Eu queria saber por que não tem gente nesta terra. Não encontrei nenhuma pessoa até agora.

— Ora, aqui é um lugar só de coisas perdidas: objetos, emoções, sentimentos, bichos. Mas não de gente.

— Quer dizer que quando a gente perde uma pessoa querida, não é pra cá que ela vem?

— Alto lá! A gente nunca perde uma pessoa querida porque ela não é da gente. Ela não tem dono.

— E pra onde ela vai, então, quando parte pra sempre? — perguntou o menino.

— Aí é outro departamento.

— Como outro departamento?

— Ela vai para outro andar. Mas esse eu não conheço.

— Tá certo — disse o menino. — A esperança é a última que morre, não é?

— É. E, apesar de ser uma esperança perdida, estou bem vivinha. E posso voltar ao meu dono, não se esqueça disso.

— Vou tentar fazer algo por você.

— Eu agradeço. O seu mundo está precisando de mais esperança para melhorar.

— Por isso, acabei de descobrir que quero ser inventor. Talvez eu possa contribuir, criando alguma invenção legal.

— Pois faça isso — disse a esperança. E completou: — Até mais!

— Até! E obrigado por tudo.

E, assim, o menino retirou os Óculos da Poesia. Como um fecha-te-
-sésamo, viu-se, no ato, de volta ao seu mundo, no andar de cima, da
realidade. Já desse lado, sem poder ver a face oculta da vida, observou
uma porção de carros passando pela estrada. Deu meia-volta e cami-
nhou, resoluto, em direção à cidade. Encontrou gente e mais gente
andando pelas ruas onde, na Terra do Lá, não havia ninguém. Atraves-
sou a praça onde encontrara o cachorro perdido no meio daquela montoeira de objetos perdidos e só viu um casal namorando num banco.
Passou por sua casa e não parou: foi direto para a garagem do inventor.

Encontro inesperado

Antes mesmo de passar pelo portão, o menino já ouviu um ruído vindo da oficina do inventor: rec-rec-rec-rec-rec.

Deu uma olhadela em seu Decifrador de Sons e verificou a tradução:

Mais força, senão eu não corto essa madeira.

Ficou intrigado. Quem seria? E o que estaria fazendo lá?

Meteu-se pelo comprido corredor que levava até a garagem, devagarinho, pé ante pé, para não assustar o intruso, esgueirando-se pela parede da casa, até que, sem ser notado, pudesse distinguir o que acontecia lá. E qual não foi a sua surpresa ao ver o velho com um serrote na mão, empenhado em cortar uma tábua bem grossa! Saiu, então, de seu esconderijo, e foi ao encontro dele.

— Ei, isso são horas? — disse o inventor, parando de serrar, ao perceber a chegada de seu assistente.

— É que... — o menino vacilou. — Eu...

— Não falei pra você vir bem cedinho? Agora, já está quase na hora do almoço!

— Mas eu cheguei cedo! Esperei um tempão e, como o senhor não aparecia...

— Ei, garoto, um momento — disse o inventor, interrompendo-o. — Você me procurou lá em cima?

— Não. Fiquei aqui na garagem.

— Mas eu estava lá em casa, no sótão, fazendo uns cálculos.

— O senhor combinou comigo aqui. Eu nem imaginava que estivesse em casa.

— Não teve curiosidade de me procurar lá?

— Até pensei em ir, mas aí vi no Lost...

— Sem curiosidade, não dá pra ser um bom inventor — disse o velho, interrompendo-o de novo. Depois, voltou a serrar a madeira, rec-rec-rec-rec, até terminar de parti-la.

— Olha, eu sou curioso, sim — insistiu o menino. — Tanto que descobri...

— Onde é que você se meteu? — cortou-o, outra vez, o inventor.

— Eu é que pergunto!

— Essa é boa.

— Fui à Terra do Lá à sua procura e estava até agora tentando encontrá-lo entre as coisas perdidas.

— Por isso é que você está com meus Óculos da Poesia?

— Claro. Foi a maneira que encontrei para me transportar pra lá.

— E quem disse que eu estava lá?

— Vi no seu Lost.

— O Lost está com defeito — disse o inventor. — Ontem dei uma olhadinha nele e percebi que a luz do "Aqui" queimou. Qualquer que seja a pergunta, a resposta sempre vai ser "Lá". Mas não tive tempo de arrumar, estou cheio de encomendas para criar. É por isso que preciso de um assistente, está lembrado?

— Puxa, então fui à Terra do Lá à toa!

— À toa, não — respondeu o inventor. — Você deve ter se perdido. E quando a gente se perde é pra aprender alguma lição.

— Já ouvi esse papo.

— Onde?

— Lá, uai! — exclamou o menino. — Encontrei uma porção de gente daquele lado.

— Gente? — estranhou o inventor. — É difícil cruzar com gente lá.

— Também acho. É um lugar bem deserto. Na verdade, encontrei umas criaturas, se é que posso chamar assim, e umas emoções.

O inventor, curioso como ele só, quis saber como fora a excursão de seu aprendiz à terra das coisas perdidas.

O menino contou-lhe, então, que encontrara uma voz, a cabeça da mula sem cabeça, um sorriso, um cachorro, um desejo e uma esperança.

— Ora, foi só uma visitinha — falou o inventor. — Mas já deve ter dado pra você conhecer um pouco daquela perdição toda.

— Sim — disse o menino. E perguntou: — O senhor já foi lá muitas vezes?

— Já perdi a conta. Um inventor está sempre se perdendo. E tem de ir lá pra se achar.

— Peraí! Quem vai pra Terra do Lá não volta mais.

— E você, não voltou?

— Mas fui e voltei porque tinha os Óculos da Poesia.

— E por que você pensa que eu os inventei?

— Pra ir Lá!

— Adivinhão.

— Fiquei sabendo que a gente também pode ir até Lá por meio das lembranças e dos sonhos.

— Mas a gente não controla as lembranças — disse o inventor. — Nem os sonhos. Você não diz para a sua memória: "agora vou pensar em algo que perdi". A lembrança vem na hora que ela quer. Você também não planeja o sonho que deseja ter: precisa esperar que ele se resolva a levá-lo à Terra do Lá.

— Tá querendo elogio, é? Os Óculos da Poesia são uma bela invenção.

O inventor pegou uma das partes da madeira e dirigiu-se a um canto da garagem.

— O que o senhor vai fazer? — perguntou o menino.

— Uma bancada — respondeu o velho.

O menino continuava pensando nas coisas perdidas e voltou ao assunto.

— Por que não vi gente na Terra do Lá? O senhor sabe?

— Porque ninguém se perde pra sempre. Lá, a gente só vai por alguns minutos, ou algumas horas. Em geral, pra matar a saudade daquilo que perdemos, já que não podemos trazer nada de volta, ou pra avivar a lição aprendida com alguma perda.

— É, pode ser — disse o menino, relembrando as suas peripécias naquele outro mundo. Em seguida, mudou de tom e disse, um tanto orgulhoso: — Tenho umas sugestões de inventos pra dar ao senhor.

— Então, você voltou cheio de ideias! — disse o velho, zombando.

— Parece até que foi para a Terra dos Achados.

— Quer ouvir ou não?

— Vai, desembucha.

O menino obedeceu e foi enumerando, um a um, os possíveis aparelhos que o inventor poderia criar com a sua ajuda.

— Lamento, mas tenho o pressentimento de que as suas sugestões não têm futuro. De qualquer modo, podemos usar a Incubadora de Ideias. Você pode checar lá se elas têm alguma chance de ir pra frente.

— Já usei essa Incubadora. Sei

muito bem como funciona. Aliás, voltei pra ver se descobria através dela como encontrar o senhor.

— Muito bem, espertinho. Estou gostando de ver.

— Quer dizer que nenhuma das minhas ideias é boa? Não salva nada?

— Vamos ver — disse o inventor. — O Decodificador de Silêncio. Se você já tem um Decodificador de Sons, pra que ter um de silêncio também? Você vai precisar andar o tempo todo com os dois nas mãos, se quiser saber o que cada um está captando. Seria um trabalho incessante, porque quando não é um som que está dizendo algo, é o silêncio. Acho o Decodificador de Sons suficiente.

— Tá bom. Mas e o Detector de Donos pra encontrar os proprietários das coisas perdidas que se misturam na Terra do Lá?

— Esse aparelho só teria utilidade Lá, se é que teria. Pra que você quer saber de quem é uma coisa perdida? Só por curiosidade? Ora, quem perde algo sabe reconhecer quando encontra.

— Tem razão.

— Isso vale também para o Localizador Eletrônico — continuou o velho. — Ele tem a mesma finalidade do Detector de Donos: levar a pessoa até aquilo que perdeu. E só funcionaria daquele lado.

— E um Tradutor de Olhos? — insistiu o menino. — Por que não é uma boa ideia?

— É de uso restrito. Só quem for à Terra do Lá e encontrar uns olhos perdidos é que poderá usá-lo.

— Nada disso — protestou o menino. — Serviria também pra gente saber o que dizem os olhos das pessoas que vivem aqui.

— Bem, isso a gente pode saber só de observar direito os olhos delas. Dá

pra saber se as pessoas estão tristes, cansadas, resfriadas, se dormiram pouco, se choraram. Basta prestar atenção. Não precisamos de aparelho nenhum pra saber isso.

— Tá certo — disse o menino. — Mas um Redutor de Perdas é uma boa ideia?

— Também não.

— Por quê?

— Ora, as pessoas perdem as coisas pra aprender lições necessárias à sua vida — disse o inventor. — Se criarmos um Redutor de Perdas, estaremos trazendo um grande problema pra elas. Como é que vão aprender o que têm de aprender sem perder nada?

— E o Radar contra ladrões de sonhos, de ideias, de alegrias?

— É perda de tempo — respondeu o velho. — Podemos fazer alarmes contra furtos de todos os tipos de objetos, mas não contra roubo de pensamentos, nem de emoções.

— Por que não? — indignou-se o menino.

— Ora, os pensamentos e as emoções são muitas vezes comuns a várias pessoas. Como saber quem é dono dessa ou daquela alegria? O seu sonho pode ser o mesmo sonho que outras pessoas desejam ter.

— Aonde o senhor quer chegar?

— Não somos donos das ideias, nem dos sentimentos. Eles estão aí pra ser compartilhados, pra que todos possam tê-los. E o bonito é poder dividi-los com os outros.

— E uma Combinadora de Letras?

— Já inventei aquela ali, lembra? — disse o velho, indicando o aparelho preso à parede.

— Aquela é uma Misturadora — corrigiu o menino.

— É a mesma coisa. No fundo, ela é uma Combinadora. Isso porque eu a programei para que faça sempre a mistura procurando a combinação mais harmônica entre as letras. Mesmo assim, ela nunca criará fórmulas mágicas.

— E por que não?

— Porque ela não foi feita para isso — respondeu o inventor. — Não é uma máquina de fazer fórmulas mágicas, mas de combinar letras.

— E uma fórmula mágica não é uma combinação de letras, como sim-sala-bim, ou abracadabra?

— Sim, mas essas palavras foram criadas sob medida, são chaves pra se chegar a certos segredos. Uma Combinadora apenas combina letras que podem não significar nada. Aliás, em vez de chaves, podem ser verdadeiras trancas que impedem a nossa compreensão.

— Então não foi uma boa invenção, essa sua Misturadora de Letras — afirmou o menino.

— Não, mas estou aperfeiçoando, não é? Aliás, se você quer saber, tudo de bom mesmo já foi inventado. A melhor Misturadora não só de letras, mas também de palavras, é a nossa mente. Só a mente pode fazer poesia, que é uma forma de combinar palavras magicamente.

— Bom, e um Tradutor de Linguagem Humana? Não é legal?

— Os bichos já têm dentro deles um dispositivo assim — argumentou o velho. — Não é um acessório opcional, é de série. Eles sabem muito bem quando nós estamos com boas ou más intenções para com eles.

— Tem razão — concordou o menino. — A cabeça da mula sem cabeça e o cachorro me entendiam perfeitamente. Eu é que precisei usar o Decifrador.

— Pois então!

— E um Decodificador de Cheiros? É interessante saber o que o cheiro das pessoas comunica.

— Nós já nascemos com um aparelho assim — respondeu o inventor. — O nosso nariz é muito bom nisso.

— E um Extensor de Emoções? Seria uma maneira de estender nossas emoções, podendo sentir mais de uma ao mesmo tempo.

— Pra quê? Na maioria das vezes, mal conseguimos nos entregar a uma única e forte emoção. Somos instáveis demais. As emoções nos tiram o chão, para o bem e para o mal. Por isso, o ideal é que experi-

mentemos uma após a outra. Juntas, acabamos por nos perder. Ficamos sem saber direito o que sentimos e o que devemos fazer.

— E uma Recuperadora de Perdas? — perguntou o menino. — Ia ajudar muita gente que se desiludiu, ou que perdeu a esperança.

— Essa é uma boa ideia — disse o inventor. — Não é pra descartar. Mas, se fosse fácil, alguém já teria inventado. Tanto que ninguém consegue recuperar quase nada do que foi para a Terra do Lá.

— Pois é. Esse é um dos meus desejos. Quero descobrir como trazer de volta as esperanças perdidas. Sei que é possível. Encontrei uma esperança lá e ela me disse que isso acontece quando surgem umas Redes de Palavras.

— É verdade — disse o inventor. — Parece que essas redes são milagrosas. Só elas conseguem trazer as esperanças de novo pra cá.

— E um Despertador de Lembranças? O senhor não acha uma ideia em que vale a pena a gente investir?

— O nosso coração faz esse papel, garoto. Na hora que precisamos, ele desperta recordações em nossa memória. Portanto, não devemos perder tempo com uma invenção desse tipo. A que temos já é perfeita e completa.

— Puxa, acho que não tenho talento pra ser um inventor — disse o menino, amuado. — E o cachorro também se enganou: ele garantiu que eu levava jeito pra coisa.

— Não desanime! É assim que a gente inventa algo útil. Tendo ideias e as testando. E é como eu disse: no fundo, já está tudo inventado. Não precisamos criar nada. Temos um radar dentro de nós que se chama intuição. Se interpretássemos direito os sinais que ele emite a todo momento, não precisaríamos de nada.

— Mas aí o senhor não teria trabalho nenhum e morreria de fome.

— Pois é. Só que pouca gente quer ouvir a intuição. As pessoas são preguiçosas. Querem tudo na mão. Aí vêm me pedir que invente isso ou aquilo, e eu invento. É a minha missão.

— Assim o senhor não está ajudando ninguém!

— Ao contrário. Sempre crio aparelhos com uma vida útil curta. Logo eles param de funcionar. Só que as pessoas nem percebem. Acostumam-se a usar o aparelho e não se dão conta de que a vontade delas é que está em ação.

— Não entendi... Então, pra que servem as suas invenções?

— Pra ajudar as pessoas sem que elas percebam — respondeu o inventor. — Se eu disser que não precisam de nada, elas não acreditam. É igual quando vão ao médico. Se não saem com uma receita na mão, acham que não vão sarar. E muitas vezes o medicamento não passa de água com açúcar. Mas dá a tranquilidade para a pessoa ir fazendo interiormente o remédio que vai curá-la.

— Eu nunca tinha pensado nisso!

— Bem, deve ter outros inventores que pensam e fazem diferente, mas comigo é assim e ponto.

O menino se entregou à reflexão e, em seguida, perguntou:

— Quanto tempo vai funcionar esse Decifrador de Sons que o senhor fez pra mim?

— Programei só pra funcionar no primeiro dia — respondeu o inventor. — Ou seja, até ontem.

— Mas eu o usei a manhã inteirinha hoje! — disse o menino, atônito.

— Tá vendo? Você estava usando a sua intuição e não sabia. É como eu disse: já nascemos com todos os mecanismos de que precisamos. Só resta perceber como funcionam e usá-los. Por isso é que eu invento. Minhas criações são uma espécie de esperança: servem apenas como impulso para que as pessoas façam suas descobertas.

A invenção do menino

O inventor voltou ao trabalho. Pegou martelo e prego e foi montando a bancada no canto da garagem.
— O que o senhor vai pôr aí? — perguntou o menino.
— Aquele computador — disse o velho, apontando para o aparelho no chão. — Tá encostado aí faz um tempão.
— E pra quê?
— Pra ser usado de novo. E logo será!
— O senhor viu no Oráculo Eletrônico?
— Não. Eu não uso o Oráculo.
— Como não?
— É só pra impressionar.
— O senhor ontem disse que estava construindo um Decifrador de Sons porque vira no Oráculo que alguém apareceria pedindo um.
— E esse alguém foi você.
— Sim. Fui eu. Mas o senhor não respondeu a minha pergunta.

— Ontem, por acaso, resolvi dar uma olhadela no Oráculo, pra ver se ele ainda funcionava. Estava todo empoeirado, eu não o uso desde que o inventei.

— E daí?

— Daí, liguei e fiz uma consulta pra testá-lo — respondeu o inventor. — Foi assim que eu soube que alguém viria me pedir um Decifrador de Sons.

— Agora, sim, tá explicado — disse o menino, satisfeito.

— Só que tem um porém — disse o inventor. — Por que você acha que fui checar o Oráculo depois de tanto tempo, se eu nem preciso dele?

— Sei lá!

— Ouvi a minha intuição. Eu sempre a ouço. E ela nunca erra. Quer mais uma prova?

— Tô esperando.

— Como acha que eu sabia que você é quem iria me pedir pra inventar o Decifrador de Sons? Poderia ser outra pessoa, não é? Todo dia recebo pedidos pessoalmente, por cartas, e-mails, telefone...

— Você seguiu a sua intuição! — respondeu o menino.

— Exatamente. Quando você chegou, ela logo me avisou: "Esse garoto é que está querendo o Decifrador". A minha intuição é melhor do que qualquer Oráculo. Aliás, muito mais do que esse Oráculo de última geração que eu fiz.

— Mesmo?

— É como eu lhe disse: no fundo, no fundo, não precisamos de nada. Já está tudo inventado. Ou melhor: a solução para os nossos problemas está em nós mesmos. Basta que a gente perceba.

— Por essa, eu não esperava.

— Pois essa é a primeira lição que um aprendiz deve saber.

O menino permaneceu calado um tempo, refletindo sobre o que dissera o inventor. Contudo, ainda tinha o desejo de criar uma Rede de Palavras para recuperar esperanças perdidas. Era uma boa maneira de ajudar as pessoas. Voltou a esse assunto e pediu a opinião do velho.

— Não é fácil fazer uma Rede de Palavras, garoto!

— Isso eu sei.

— Talvez você conheça alguém que já fez uma e nem se tenha dado conta disso.

— Como assim?

— As Redes de Palavras não se fazem sozinhas, meu caro — disse o inventor. — São as pessoas que as tecem.

— Pessoas especiais, na certa...

— Não, apenas pessoas sensíveis à dor dos outros.

— E qual é o segredo?

— Não tem segredo. Uma Rede de Palavras é sempre algo que uma pessoa diz a outra.

— Então o que estamos fazendo aqui, a nossa conversa agora, é uma Rede de Palavras?

— É claro — disse o inventor. — Uma rede qualquer. Mas às vezes essa rede tem o poder de descer à Terra do Lá e pegar a esperança que alguém perdeu.

— Mas por quê?

— Porque ela é feita com as palavras certas pra reanimar essa pessoa que desistiu de seu sonho.

— Faz sentido.

— E acontece muito de uma pessoa falar ou escrever algo, ou seja, fazer sem querer uma Rede de Palavras, capaz de resgatar a esperança de um amigo, de um vizinho, ou até mesmo de um desconhecido.

— Então a gente pode estar fazendo a esperança renascer numa pessoa e nem saber disso?

— Sim. Pode. Podemos também querer reanimar uma pessoa querida e não dar em nada, porque a nossa Rede de Palavras não consegue fisgar a esperança perdida dela.

— Tô captando — disse o menino.

— Essas são as variáveis que não podemos controlar. Nem sempre descobrimos as palavras certas pra sensibilizar alguém.

— Tudo bem. Mas acho que não importa se fizermos uma Rede de Palavras e ela recuperar a esperança de uma pessoa do outro lado do planeta.

101

— Eu também acho — concordou o velho.

— E, assim, ela funciona como uma Recuperadora de Perdas! — disse o menino, os olhos faiscando de satisfação.

— Pois é. Não falei que a Recuperadora era uma boa ideia, mas difícil de fazer?

— Falou.

— E o mais incrível é que, fazendo uma rede dessas, talvez nunca conheçamos a pessoa que ajudamos e que reconquistou sua esperança — disse o inventor. — Isso nos ensina a ser humildes. E isso é que é bonito: a gente fazer algo pelos outros sem se vangloriar.

— Puxa, aprendi uma lição e tanto!

O inventor pediu então para que ele o ajudasse a colocar o computador na bancada, no que foi prontamente atendido.

— Pronto, agora vamos ligar! — disse o velho.

Inquieto, o menino observou a tela do computador se acender. E, de repente, veio-lhe uma ideia que nem quis testar na Incubadora para ver se era promissora. Tinha certeza absoluta de que poderia dar algum fruto. Sua intuição dizia isso.

— Acho que já sei como fazer uma Rede de Palavras pra pescar esperanças perdidas — disse ele, sorrindo para o velho.

— É, e como?

— Vou inventar uma história!

— É um bom começo para um aprendiz! — disse o inventor, animado. — Pode ser uma maneira de você juntar letras e palavras melhor que a minha Misturadora.

— Ao menos é uma tentativa. Vai que eu consigo encontrar a fórmula mágica...

— Você só precisa achar as palavras certas.

— Tem toda razão.

— Pois pode se sentar aqui e começar — disse o inventor, convidando-o a se aproximar da bancada.

— Vou pegar uma cadeira.

— Minha intuição é fogo, dá de dez a zero em qualquer Oráculo — vibrou o velho. — Eu não disse que esse computador voltaria a funcionar?

— Aí vou eu! — disse o menino, pensando em aproveitar em sua história o que aprendera na terra das coisas perdidas.

Sentou-se e começou, todo alegre, a se dedicar à sua primeira invenção.